從零開始用YouTube影片學日文

井上一宏 著

日語名師——井上一宏

為零基礎自學者設計的22堂課

井上老師的「從零開始學日文」22 堂 YouTube 影片系列

前言

用影片讓自學日文變簡單吧

大家好。我是來自日本的日語老師井上一宏。

雖然有點突然，但想問一下，翻開這本書的你會講日文嗎？其實我在台灣生活的時候（二十歲的時候，從神戶去台灣留學）發現很多朋友已經會講日文囉！雖然每個人的程度不一樣，但大部分的人都有接觸過日文吧，像「おいしい（oisii）」「かわいい（kawaii）」等日文單字，台灣朋友都可以隨時來上幾句的感覺。可惜的是，很多人接觸一下就放棄了。我常在想，大家是不是覺得學日語很難？的確，學語言要花很多時間。我剛到台灣的時候，也完全不會講中文。但是現在已經可以跟很多台灣朋友聊天了。這是非常開心的事情，相信這本書的讀者也一定可以做到。只要不放棄學習日語，你的日語一定會進步，讓井上老師陪著大家快樂學習，一起努力達到目標吧！

這本書是針對沒有學過日文的中文讀者設計的影片課程，目標是可以簡單會話並表達自己想說的意思。裡面的句子和單字盡量用簡單又生活常用的，我想讀起來不會有壓力。讀者了解內容之後，可以多聽影片的發音，自己盡量造句。另外，補充單字量也是很重要的喔！我認為學語言最難的是，不知道該從哪裡開始學起。我相信大家看完這本書並學會裡面的內容，就能掌握自學日文的訣竅。

最後非常感謝一心出版社給我這樣的機會，尤其是編輯蘇小姐的協助與建議。可以完成這麼棒的一本書，真的很開心。誠摯地希望本書對學日文的大家有幫助。

井上一宏

PART I

01 五十音入門

02 問候語

03 基礎文法

PART II

04 動詞ます形的用法

05 動詞て形的變化與用法

10 受身動詞、使役動詞、使役受身形的變化與用法

11 普通形的變化與用法

PART Ⅲ

12 變化的用法

PART

I

五十音與基礎文法

LESSON

01

五十音入門

第一課的影片，要學習的是「五十音」，相信各位讀者都知道五十音是日文學習的基礎，只要學會五十音，就能念出所有用平假名和片假名標注的日文詞彙和句子，甚至連日文歌也可以唱呢！那麼，請立刻打開影片，我們上課囉。本影片主要介紹讀法，關於五十音的寫法，建議讀者可以去書局買平假名和片假名的練習本多加練習。

1-1

五十音：清音

下圖是五十音列表，左邊第一直列的あ（a）、い（i）、う（u）、え（e）、お（o），是日文最核心的母音，第二列開始則是か（ka）行，依次向右是さ（sa）行、た（ta）行、な（na）行、は（ha）行、ま（ma）行、や（ya）行、ら（ra）行、わ（wa）行。仔細觀察就可以發現，五十音是五段母音加上九個子音變化而成。例如：か行的五個音分別是 k ＋ a ＝ ka（か），k ＋ i ＝ ki（き），k ＋ u ＝ ku（く），k ＋ e ＝ ke（け），k ＋ o ＝ ko（こ）。

子音 母音	K か行	S さ行	T た行	N な行	H は行	M ま行	Y や行	R ら行	W わ行
あ a	か ka	さ sa	た ta	な na	は ha	ま ma	や ya	ら ra	わ wa
い i	き ki	し si	ち ti	に ni	ひ hi	み mi		り ri	
う u	く ku	す su	つ tu	ぬ nu	ふ hu	む mu	ゆ yu	る ru	を wo
え e	け ke	せ se	て te	ね ne	へ he	め me		れ re	
お o	こ ko	そ so	と to	の no	ほ ho	も mo	よ yo	ろ ro	ん nn

五十音：清音表

TIPS! 需要注意的是，お和を的發音都是 o，但使用日文羅馬拼音輸入法時，を要打成 wo。而は（ha）在當作助詞的時候念成 wa，但打字只能輸入 ha；へ（he）在當作助詞的時候念成 e ，但打字只能輸入 he。

1-2

五十音：濁音、半濁音

上一節是五十音最基礎的「清音」表，再來學的是濁音和半濁音。什麼是濁音呢？就是將發音清脆的清音，加上聲帶的震動，變成相對混濁的濁音。

上一頁的五十音表格中，有四行可以變成濁音，分別是か行、さ行、た行和は行，所以濁音共有二十個，標示方法是在字母的右上角加上「兩個點」。其中は行除了變為濁音，還可以再變化成半濁音（介於濁音和清音之間，類似破音的感覺），標示法是在右上角加上「小圈圈」，發音方法請參考影片中的教學，變化的方式如下：

❶ か行：K ➡ G（濁音）
❷ さ行：S ➡ Z（濁音）
❸ た行：T ➡ D（濁音）
❹ は行：H ➡ B（濁音）
は行：H ➡ P（半濁音）

母音＼子音	G	Z	D	B	P
a	が ga	ざ za	だ da	ば ba	ぱ pa
i	ぎ gi	じ zi(ji)	ぢ di	び bi	ぴ pi
u	ぐ gu	ず zu	づ du	ぶ bu	ぷ pu
e	げ ge	ぜ ze	で de	べ be	ぺ pe
o	ご go	ぞ zo	ど do	ぼ bo	ぽ po

五十音：濁音表

TIPS! じ（zi）和ぢ（di）變成濁音之後的發音是完全一樣的，但是輸入法的標示不一樣。ず（zu）和づ（du）也是發音相同，但打法不同。

1-3

五十音：拗音

所謂的拗音，是將「き、し、ち、に、ひ、み、り」和「や行」的や、ゆ、よ連在一起讀。寫的時候，や、ゆ、よ會縮小連在後面，例如きゃ念法是Kya，可以參考影片中老師的念法。

1 拗音：清音

子音 母音	KY	SH	CH	NY	HY	MY	RY
a	きゃ kya	しゃ sha	ちゃ cha	にゃ nya	ひゃ hya	みゃ mya	りゃ rya
u	きゅ kyu	しゅ shu	ちゅ chu	にゅ nyu	ひゅ hyu	みゅ myu	りゅ ryu
o	きょ kyo	しょ sho	ちょ cho	にょ nyo	ひょ hyo	みょ myo	りょ ryo

2 拗音：濁音

除了上一段七個清音的子音可以變化成拗音，還有五個濁音（ぎ、じ、ぢ、び、ぴ）也可以搭配や、ゆ、よ變成拗音，寫法和念法如下表。

子音 母音	GY	J	DY	BY	PY
a	ぎゃ gya	じゃ ja	（ぢゃ） dya	びゃ bya	ぴゃ pya
u	ぎゅ gyu	じゅ ju	（ぢゅ） dyu	びゅ byu	ぴゅ pyu
o	ぎょ gyo	じょ jo	（ぢょ） dyo	びょ byo	ぴょ pyo

1-4

片假名

在前面三節，我們學的都是平假名，這一節開始要學的是片假名。所謂的片假名（カタカナ），是近代用在外來語詞彙的寫法，例如外國傳來的單字，如咖啡或是電腦相關名詞等。片假名的發音跟平假名一樣，但是寫法不同，一樣分為清音、濁音和拗音。

1 片假名：清音

子音／母音	K	S	T	N	H	M	Y	R	W
ア a	カ ka	サ sa	タ ta	ナ na	ハ ha	マ ma	ヤ ya	ラ ra	ワ wa
イ i	キ ki	シ si	チ ti	ニ ni	ヒ hi	ミ mi		リ ri	
ウ u	ク ku	ス su	ツ tu	ヌ nu	フ hu	ム mu	ユ yu	ル ru	ヲ wo
エ e	ケ ke	セ se	テ te	ネ ne	ヘ he	メ me		レ re	
オ o	コ ko	ソ so	ト to	ノ no	ホ ho	モ mo	ヨ yo	ロ ro	ン nn

2 片假名：濁音

子音／母音	G	Z	D	B	P
a	ガ ga	ザ za	ダ da	バ ba	パ pa
i	ギ gi	ジ zi（ji）	ヂ di	ビ bi	ピ pi
u	グ gu	ズ zu	ヅ du	ブ bu	プ pu
e	ゲ ge	ゼ ze	デ de	ベ be	ペ pe
o	ゴ go	ゾ zo	ド do	ボ bo	ポ po

TIPS! 上表的ジ（zi）和ぢ（di）的發音是一樣的；ズ（zu）和ヅ（du）發音也是一模一樣，只是在鍵盤輸入時的打法不一樣。

3 片假名拗音：清音

子音／母音	KY	SH	CH	NY	HY	MY	RY
a	キャ kya	シャ sha	チャ cha	ニャ nya	ヒャ hya	ミャ mya	リャ rya
u	キュ kyu	シュ shu	チュ chu	ニュ nyu	ヒュ hyu	ミュ myu	リュ ryu
o	キョ kyo	ショ sho	チョ cho	ニョ nyo	ヒョ hyo	ミョ myo	リョ ryo

4 片假名拗音：濁音

子音／母音	GY	J	DY	BY	PY
a	ギャ gya	ジャ ja	（ヂャ） dya	ビャ bya	ピャ pya
u	ギュ gyu	ジュ ju	（ヂュ） dyu	ビュ byu	ピュ pyu
o	ギョ gyo	ジョ jo	（ヂョ） dyo	ビョ byo	ピョ pyo

TIPS! 現代日語已不使用「ぢゃ」（ヂャ）、「ぢゅ」（ヂュ）、「ぢょ」（ヂョ），這樣的用法大多出現在以前的舊有名稱，例如車站站名或古蹟的標示。

1-5

促音

所謂的「促音」，指的是在日文拼音中間有一個小小的「っ」，這個っ不用念出來，但在發音時，中間要有一個停頓。很多日文學習者在念促音時速度太快，忽略了這個停頓，同學們在學習促音的時候，要特別注意一下影片中老師的發音唷！

❶ 車票：きっぷ
❷ 雜誌：ざっし
❸ 日記：にっき
❹ 杯子：コップ
❺ 床：ベッド

TIPS! 手機或電腦打字時要輸入促音（打出小字的っ）的話，方法是重複促音符號後面的子音。例如にっ き（nikki）、きっぷ（kippu）。另外一種打出小字的方法是在字母前面加上 l 或 x，例如 le 會出現縮小的「ぇ」，ltu 會出現縮小的「っ」。

1-6

長音

日文中有一些情況下，發音會出現「長音」的現象，顧名思義就是拉長上一個字母的發音，以下介紹常見的四種長音的規則和例子。

1 長音規則　連續兩個母音相同時，會出現長音，如 AA、II、UU、EE、OO

❶ 媽媽：おかあさん（O KA A SA N）➡ おかーさん

❷ 哥哥：おにいさん（O NI I SA N）➡ おにーさん

❸ 勇氣：ゆうき（YU U KI）➡ ゆーき

TIPS! 只有發音改變，但寫法不變。

2 長音規則　O U 連在一起的時候，會出現長音

❹ 飛機：ひこうき（HI KO U KI）➡ ひこーき

❺ 弟弟：おとうと（O TO U TO）➡ おとーと

❻ 高中：こうこう（KO U KO U）➡ こーこー

3 長音規則　E I 連在一起的時候，會出現長音

❼ 手錶：とけい（TOKEI）➡ とけー

❽ 老師：せんせい（SENSEI）➡ せんせー

4 長音規則　片假名的長音，用破折號來表現

用來表示外來語的片假名，也常常出現長音，片假名長音的表現方式是加上一個橫槓（破折號）

❾ 超市：スーパー

❿ 計程車：タクシー

TIPS! 想打出長音的符號，只需按下鍵盤右上方的「破折號」(中文注音鍵盤是「ㄦ」)。

1-7 重音

重音在日文裡的發音也非常重要，很多學生剛開始學日文時常常會搞錯，重音念錯的話，對方可能會聽不懂你的話，要特別注意影片中老師念法的重音位置唷。

1 重音分類 重音在前面

❶ 天氣：てんき
❷ 書：ほん
❸ 卡片（信用卡）：カード

2 重音分類 重音在中間

❹ 雞蛋：たまご
❺ 日本：にほん

3 重音分類 重音在後面

❻ 蘋果：りんご
❼ 酒（清酒）：さけ

TIPS! 蘋果和清酒的重音，中文學生特別容易搞錯，要特別注意。

1-8

總複習：あいうえお發音練習

A
1. あめ：糖果
2. いるか：海豚
3. うさぎ：兔子
4. えび：蝦子
5. おに：鬼

K
6. かに：螃蟹
7. きりん：長頸鹿
8. くじら：鯨魚
9. けしごむ：橡皮擦
10. こあら：無尾熊

S
11. さめ：鯊魚
12. しか：鹿
13. すいか：西瓜
14. せみ：蟬
15. そうじき：吸塵器

T
16. たこ：章魚
17. ちきゅう：地球
18. つき：月亮
19. てんとうむし：瓢蟲
20. とら：老虎

N
21. なす：茄子
22. にわとり：雞

N
23. ぬいぐるみ：布偶
24. ねこ：貓
25. のーと：筆記本

H
26. はち：蜜蜂
27. ひまわり：向日葵
28. ふね：船
29. へび：蛇
30. ほたる：螢火蟲

M
31. まいく：麥克風
32. みかん：橘子
33. むしめがね：放大鏡
34. めだか：稻田魚
35. もも：水蜜桃

Y
36. やま：山
37. ゆきだるま：雪人
38. よっと：帆船

R
39. らいおん：獅子
40. りす：松鼠
41. るびー：紅寶石
42. れもん：檸檬
43. ろけっと：火箭

W
44. わに：鱷魚

LESSON

02 問候語

學完了五十音之後，在第二堂課的影片中，我將介紹二十四句日文中最常用的問候語。讀者可以先多聽幾次老師在影片中的發音，一起試著念出整個句子並直接背起來。

這些問候語中包含了許多之後會學到的文法原理，在往後的影片中也會逐一教給讀者，在此先不用擔心文法的問題。另外，很多學生常常不知道如何開始一段對話，不用害怕，問候語就是所有對話的萬用開頭，所以在進入更深入的課程之前，一定要將問候語背熟唷。

2-1

24 句常見問候語

1 你好：こんにちは

TIPS! 萬用的招呼語，早上、中午、晚上見面都可以說這句。

2 早安：おはよう（ございます）

TIPS! 對於親密的朋友可以只說「おはよう」，加上後面括弧裡的「ございます」則是更為客氣。

3 晚上好：こんばんは

TIPS! 晚上見面的時候可以用。

4 晚安：おやすみ（なさい）

TIPS! 睡覺前用的「晚安」。

5 再見：さようなら

TIPS! 通常用在比較長時間、較正式的告別。

6 再見：じゃ、また（あいましょう）

TIPS! 這兩句適用於一般朋友間，或是同事下班常用的輕鬆告別。也可以用「バイバイ」（bye bye）。

7 謝謝：ありがとう（ございます）

8 不客氣：どういたしまして

TIPS! 當有人跟你說謝謝的時候，就可以回覆他：どういたしまして。

9 對不起 / 不好意思：すみません

TIPS! 本句可以用在道歉，或是想詢問或麻煩別人幫忙的時候使用。

10 請多指教：よろしく（お願（ねが）いします）

11 麻煩您：お願(ねが)いします

TIPS! 拜託事情的時候可以用。

12 好久不見：(お)久(ひさ)しぶり(です)

13 你好嗎？：(お)元気(げんき)(ですか)？

14 恭喜您：おめでとう(ございます)

15 請保重：お大事(だいじ)に

16 辛苦了：お疲(つか)れ様(さま)です

TIPS! 下班的時候可以跟同事說這句。

17 我開動了(表達感謝)：いただきます

18 我吃飽了(表達感謝)：ごちそうさまでした

19 我要出門了：いってきます

20 慢走：いってらっしゃい

21 我回來了：ただいま

22 你回來了：おかえり(なさい)

23 初次見面：はじめまして

24 請等一下：ちょっと待(ま)って(ください)

2-2 問候語總複習

邊聽井上老師的影片，試著寫出前面教的 24 句問候語：

❶ 你好：

❷ 早安：

❸ 晚上好：

❹ 晚安：

❺ 再見：

❻ 再見（拜拜）：

❼ 謝謝：

❽ 不客氣：

❾ 對不起／不好意思：

❿ 請多指教：

⓫ 麻煩您：

⓬ 好久不見：

⓭ 你好嗎？：

⓮ 恭喜您：

⓯ 請保重：

⓰ 辛苦了：

⓱ 我開動了：

⓲ 我吃飽了：

⓳ 我要出門了：

⓴ 慢走：

㉑ 我回來了：

㉒ 你回來了：

㉓ 初次見面：

㉔ 請等一下：

（解答請見 P22 ～ 23）

LESSON

03

基礎文法

第三堂課的影片會介紹一些最基本的日文用法，目的是讓讀者先大概了解日語文法的概念。若有看不懂的地方也不用擔心，目前各位只需要大致聽過，有個概念即可，因為之後的課程中，會再詳細介紹各種必備的基礎文法。順帶一提，不管學習哪種學問，先大略看過一遍，之後再針對其中的細節仔細鑽研，學習起來會更有效率唷。

3-1

基本句型

這一節要教的，是所有語言最基本的句子，類似英文中的「be 動詞」，光是學到「A は B です」(A 是 B)、「A は B ではありません」(A 不是 B) 就可以表達非常多概念，所以也被稱為「萬用句型」。

【句型】 AはBです。(A 是 B)

例 我是台灣人。

➡ 私(わたし)は台湾人(たいわんじん)です。

TIPS! 前面五十音有學過は念成 ha，但是在當助詞使用的時候，要念成 wa。

【句型】 AはBではありません (A 不是 B)

例 我不是日本人。

➡ 私(わたし)は日本人(にほんじん)ではありません。

➡ 私(わたし)は日本人(にほんじん)じゃありません。(口語常用)

TIPS! 「では」的口語為「じゃ」。

【句型】 AはBですか？(A 是 B 嗎？)

例 你是台灣人嗎？

➡ あなたは台湾人(たいわんじん)ですか？

TIPS! 句尾出現「か」，就代表是日文的問句，日文中句尾會接句號。但本書為了清楚呈現，才使用問號。

【句型】 AもBです。(A 也是 B)

例 我也是台灣人。

➡ 私(わたし)も台湾人(たいわんじん)です。

練習問題

❶ 我是王。

答案（私（わたし）は）王（おう）です。

❷ 我不是王先生。

答案（私（わたし）は）王（おう）さんではありません。

❸ 你是鈴木先生嗎？

答案（あなたは）鈴木（すずき）さんですか？

3-2

指示代名詞

中文裡的「這個、那個……」就是本節要教的指示代名詞。代名詞分為兩種：一種是「人稱代名詞」(你、我、他……)，另一種是「指示代名詞」，就是指「這個、這些、這裡」等用來代替人物和地點的代名詞。本節將介紹日文最基礎的指示代名詞用法。

代名詞	近程	中程	遠程	不定稱
事物代名詞	これ（這個）	それ（那個）	あれ（那個）	どれ（哪個）
地點代名詞	ここ（這裡）	そこ（那裡）	あそこ（那裡）	どこ（哪裡）
方向代名詞	こちら（這邊）	そちら（那邊）	あちら（那邊）	どちら（哪個）
～＋名詞	この＋名詞（這個物品）	その＋名詞（那個物品）	あの＋名詞（那個物品）	どの＋名詞（哪個物品）

TIPS! それ和あれ的中文都翻譯成「那個」，但是あれ的距離比それ更遙遠（的感覺）。

【句型】

A：(これ・それ・あれ) は何（なん）ですか？　B：(これ・それ・あれ) は～です。

A：(這個・那個・那個) 是什麼？　B：(這個・那個・那個) 是～。

例 ① A：這是什麼？　B：那是車票。

➡ A：これは何（なん）ですか？　B：それは切符（きっぷ）です。

例 ② A：那是什麼？　B：那是百貨公司。

➡ A：あれは何（なん）ですか？　B：あれはデパートです。

例 ③ A：我們的車子是哪一個？　B：那個。

➡ A：私（わたし）たちの車（くるま）はどれですか？　B：あれです。

【句型】（この・その・あの）＋「名詞」は〜です。（這個・那個・那個）東西是〜

例 ① 這個包包是我的。

➡ このかばんは私（わたし）のです。

例 ② A：那個雨傘是誰的？　B：那個雨傘是田中先生的。

➡ A：あの傘（かさ）は誰（だれ）のですか？　B：（あの傘（かさ）は）田中（たなか）さんのです。

【句型】（ここ・そこ・あそこ）は〜です。（這裡・那裡・那裡）是〜

例 ①這裡是神戸車站。

➡ ここは神戸駅（こうべえき）です。

例 ② A：廁所在哪裡？　B：廁所在那裡。

➡ A：トイレはどこですか？　B：（トイレは）あそこです。

練習問題

❶ 這是我的鑰匙嗎？

答案 これは私の鍵ですか？

❷ 你的摩托車是哪一個？

答案 あなたのバイクはどれですか？

❸ 這本書是誰的？

答案 この本は誰のですか？

3-3

疑問詞

這一節要教的是疑問詞，這也是生活中的常用句型，例如「他是誰？」「什麼時候？」「多少錢？」等疑問句。這九個最常用的疑問詞分別是：「哪裡」、「誰」、「什麼時候」、「多少錢」、「什麼」、「哪一個」、「什麼樣的～」、「怎麼～」、「為什麼？」。

1 疑問詞：哪裡 どこ（較禮貌：どちら）

例 廁所在哪裡？

➡ トイレはどこですか？

➡ トイレはどちらですか？

2 疑問詞：誰 だれ（較禮貌：どなた）

例 他是誰？

➡ 彼(かれ)はだれですか？

➡ 彼(かれ)はどなたですか？

3 疑問詞：什麼時候 いつ

例 生日是什麼時候？

➡ 誕生日(たんじょうび)はいつですか？

4 疑問詞：多少錢 いくら

例 這個是多少錢？

➡ これはいくらですか？

5 疑問詞：什麼 何（なん）/何（なに）

例 這是什麼？

➡ これは何（なん）ですか？

6 疑問詞：哪一個 どれ

例 我的杯子是哪一個？

➡ 私（わたし）のコップはどれですか？

TIPS! 「どれ」是多選一，如果是二選一的話則是「どちら」（哪一個）。

7 疑問詞：什麼樣的～ どんな＋名詞

例 這是什麼樣的電影？

➡ これはどんな映画（えいが）ですか。

8 疑問詞：怎麼～ どうやって＋動詞

例 這個怎麼用？

➡ これはどうやって使（つか）いますか？

TIPS! 「やって」是動詞て形的使用方法，在第五章會詳細說明。

9 疑問詞：為什麼？ どうして・なんで

例 為什麼？

➡ どうしてですか？

➡ なんでですか？

✲練✲習✲問✲題✲

❶ 這個包包多少錢？

答案 このかばんはいくらですか？

❷ 這是什麼樣的書？

答案 これはどんな本（ほん）ですか？

❸ 婚禮是什麼時候？

答案 結婚式（けっこんしき）はいつですか？

3-4

形容詞：い形容詞和な形容詞

相信讀者在學英語的時候，都學過「形容詞是用來修飾名詞的」。日文中的形容詞分成兩大類，一種是い形容詞，另外一種則是な形容詞，這兩種形容詞的用法和時態變化是不一樣的，這點和中文及英文中的形容詞用法只有一種是不一樣的，所以我們在學習日文形容詞的用法時，必須先學會分辨這兩種形容詞，一定要注意唷。

這一節將分為三段來介紹形容詞，分別是：一、い形容詞和な形容詞的差別與特徵；二、形容詞修飾名詞的用法；三、形容詞的時態變化（現在 / 否定 / 過去 / 過去否定）。

一、い形容詞和な形容詞的差別與特徵

い形容詞和な形容詞的差別是，前者的結尾是い，其他則是な形容詞。

い形容詞（最後一個字是い）	な形容詞（非い形容詞）
おいしい：好吃的	賑やか（な）：熱鬧
安い：便宜的	元気（な）：元氣、有精神
可愛い：可愛的	便利（な）：便利
寒い：冷的	きれい（な）：漂亮、乾淨
良い：好的	有名（な）：有名

TIPS! 有一些な形容詞的結尾剛好是い，例如きれい（漂亮、乾淨）、ゆうめい（有名）和きらい（討厭），要特別注意唷。

✼練✼習✼問✼題✼

❶ 這個麵包很好吃。

答案 このパンはとてもおいしいです。

TIPS!「とても」是副詞，「非常」的意思。修飾形容詞就需要使用副詞。

❷ 今天很冷。

答案 今日(きょう)はとても寒(さむ)いです。

❸ 他很帥。

答案 彼(かれ)はとても格好(かっこう)いいです。

❹ 她很漂亮。

答案 彼女(かのじょ)はとてもきれいです。

❺ 這間餐廳很有名。

答案 このレストランはとても有名(ゆうめい)です。

二、形容詞修飾名詞的用法

上一段，讀者學會了如何分辨い形容詞和な形容詞，本段要學的是這兩種形容詞如何修飾名詞，「い形容詞」可以直接放在名詞前面修飾，但「な形容詞」則要加上「な」。用法分別是：1. い形容詞＋名詞。2. な形容詞＋な＋名詞。

1 い形容詞＋名詞

例 ① 好吃的麵包 ➡ おいしい＋パン

例 ② 便宜的飯店 ➡ 安（やす）い＋ホテル

TIPS! 因為中文「好吃的麵包」裡面有個「的」，所以有些中文母語者會加上「の」，這是錯誤的，い形容詞直接加名詞就可以了。

2 な形容詞＋な＋名詞

例 ① 熱鬧的城市 ➡ 賑（にぎ）やかな＋まち

例 ② 有名的地方 ➡ 有名（ゆうめい）な＋場所（ばしょ）

✻練✻習✻問✻題✻

❶ 可愛的包包

答案 可愛いかばん

❷ 漂亮的人

答案 きれいな人

❸ 神戶是熱鬧的城市 。

答案 神戸は賑やかなまちです。

❹ 山田先生是元氣的（有活力的）人。

答案 山田さんは元気な人です。

❺ 這個是便宜的手錶 。

答案 これは安い時計です。

三、形容詞的時態變化：現在 / 否定 / 過去 / 過去否定

學會了形容詞如何修飾名詞，這一節則是要加上時態變化，即現在式、現在否定、過去式、過去否定等四種變化。一樣分為「い形容詞」和「な形容詞」兩種變化方式。

1 い形容詞的時態變化

以下用三個い形容詞來做時態變化，分別是「おいしい」(美味的)、「安い」(便宜的)、「いい」(好的)。

例 ① おいしい（現在）

➡おいしくない（現在否定）

➡おいしかった（過去）

➡おいしくなかった（過去否定）

例 ② 安(やす)い（現在）

➡安(やす)くない（現在否定）

➡安(やす)かった（過去）

➡安(やす)くなかった（過去否定）

例 ③いい（現在）

➡**よ**くない（現在否定）

➡**よ**かった（過去）

➡**よ**くなかった（過去否定）

TIPS! いい的變化屬於例外，建議直接背起來。

2 な形容詞的時態變化

「賑やか」（熱鬧）和「きれい」（漂亮、乾淨）都是な形容詞，以下用來示範時態變化。

例 ① 賑(にぎ)やかです（現在）
➡ 賑(にぎ)やかじゃない（現在否定・口語）
➡ 賑(にぎ)やかでした（過去）
➡ 賑(にぎ)やかじゃなかった（過去否定・口語）

TIPS! 「賑(にぎ)やかじゃない」(「賑(にぎ)やかではない」) 的丁寧形為「賑(にぎ)やかではありません」，「賑(にぎ)やかじゃなかった」(「賑(にぎ)やかではなかった」) 的丁寧形為「賑(にぎ)やかではありませんでした」。

例 ② きれいです（現在）
➡ きれいじゃない（現在否定・口語）
➡ きれいでした（過去）
➡ きれいじゃなかった（過去否定・口語）

TIPS! な形容詞的時態變化跟名詞相同。

3-5

基本的動詞用法

學完了形容詞，本節會開始介紹日常生活中最常用到十六個日文動詞。這裡提供一個學習動詞的技巧，那就是在背誦動詞的時候，先造一個短句，最好連搭配的助詞也一起背起來。例如本篇例文「公園で遊びます」(在公園玩)，這樣的短句就包含了「地點＋助詞＋動詞」。由於許多動詞都有固定搭配的助詞，這樣的短句記憶法可以提高效率。此外，不管是學什麼語言，這樣的背法都可以快速掌握語感唷。

本節分為三個部分，分別介紹：一、十六個基本動詞和其搭配的助詞；二、動詞的時態變化：現在 / 否定 / 過去 / 過去否定；三、有生命的「有」和無生命的「有」(います · あります)。

一、十六個基本動詞和助詞

1 動詞：起床　起(お)きます

六點起床 ➡ 6時(ろくじ)に起(お)きます。

TIPS! 此句的に是表達時間點的助詞。

2 動詞：就寢　寝(ね)ます

11 點睡覺 ➡ 11時(じゅういちじ)に寝(ね)ます。

3 動詞：玩　遊(あそ)びます

在公園玩 ➡ 公園(こうえん)で遊(あそ)びます。

TIPS! 此句的で是表達動作進行地點的助詞。

4 **動詞：見面** 会います

見朋友 ➡ 友達に会います。

5 **動詞：去** 行きます

去日本 ➡ 日本へ行きます。

TIPS! へ（he）當成助詞的時候，要念成 e。へ在此表達方向的助詞。

6 **動詞：來** 来ます

從台灣來的 ➡ 台湾から来ました。（過去式）

TIPS! から是「從」的意思，代表地點和時間起點的助詞。

7 **動詞：回家・回去** 帰ります

搭電車回家 ➡ 電車で帰ります。

TIPS! で是代表「交通工具」或「手段」的助詞。

8 **動詞：吃** 食べます

吃早餐 ➡ 朝ごはんを食べます。

9 **動詞：喝** 飲みます

喝啤酒 ➡ ビールを飲みます。

10 **動詞：吸** 吸います

抽菸 ➡ タバコを吸います。

11 動詞：買 買(か)います

買衣服 ➡ 服(ふく)を買(か)います。

12 動詞：看 見(み)ます

看電視 ➡ テレビを見(み)ます。

13 動詞：聽 聞(き)きます

聽音樂 ➡ 音楽(おんがく)を聞(き)きます。

14 動詞：寫 書(か)きます

寫信 ➡ 手紙(てがみ)を書(か)きます。

15 動詞：拍照 撮(と)ります

拍照 ➡ 写真(しゃしん)を撮(と)ります。

16 動詞：做 します

散步 ➡ 散歩(さんぽ)をします。

打網球 ➡ テニスをします。

TIPS! 「名詞＋を＋します」是常見的用法，意思就是做某件事情。但を也可以省略，直接用「散歩します」、「テニスします」。

二、動詞的時態變化：現在 / 否定 / 過去 / 過去否定

我們在 3-4 中學到了形容詞的四種時態變化，動詞一樣有四種時態變化，也要一起學起來唷。需要注意的是，這裡學到的動詞型態目前都是ます形，又稱為「丁寧形」，大部分的日文教科書都會先教這個型態的動詞，因為這是對不熟的人或是稍微正式場合使用的型態，可以表達最基本的禮貌，因此適合初學者。其他的動詞型態，在之後的章節會陸續學到。

【句型】日文動詞（ます型）的四種時態變化

1. 食べます（現在・未来）
2. 食(た)べません（現在否定・未来否定）
3. 食(た)べました（過去）
4. 食(た)べませんでした（過去否定）

例 ① 明天七點起床。（未來）

➡ 明日七時(あしたしちじ)に起(お)きます。

例 ② 我不抽菸。（否定）

➡ 私(わたし)はタバコを吸(す)いません。

例 ③ 昨天十點睡覺了。（過去）

➡ 昨日十時(きのうじゅうじ)に寝(ね)ました。

例 ④ 今天早上沒有吃早餐。（過去否定）

➡ 今日(きょう)の朝(あさ)、朝(あさ)ごはんを食(た)べませんでした。

TIPS!「今天早上」也可以使用「今朝(けさ)」這個說法。

練習問題

❶ 明天我要去日本。（未來式）

答案 明日、日本へ行きます。

❷ 我不喝酒。（現在否定式）

答案 私はお酒を飲みません。

❸ 昨天買了衣服。（過去式）

答案 昨日、服を買いました。

三、います·あります（有生命的「有」和無生命的「有」）

這一節中，我們會學到中文的「有」（存在）的日文用法，就是「います」「あります」這兩個單字。不過這兩個單字適用的對象並不一樣（有生命和無生命），所以同樣會分成兩個部分來介紹。這個文法雖然簡單明瞭，但因為是中文裡沒有的用法，就連很多日文不錯的學生偶爾都會用錯，讀者們在使用這個句型時要特別留意區分。

1 有生命的「有」（人・動物）がいます。

例 ① 公園裡有狗。
➡ 公園に犬がいます。

例 ② A：廁所裡有人嗎？　B：沒有人。
➡ A：トイレに人がいますか？　B：いません。

TIPS!「（廁所）有人嗎？」也常用「入っていますか？」來表示。

2 無生命的「有」（物・植物）があります。

例 ① 公園裡有椅子。
➡ 公園に椅子があります。

例 ② A：房間裡有電視嗎？　B：沒有。
➡ A：部屋にテレビがありますか？　B：ありません。

TIPS! 沒有生命但是會動的東西，例如機器人、（會動的）腳踏車或計程車、鬼怪（お化け），也是用います唷。更詳細的解說，可以看井上老師的另外一支說明影片，影片名稱是「いる和ある的差別」。

練習問題

❶ 你有女朋友嗎？

答案（あなたは）彼女（かのじょ）がいますか？

❷ 桌子上有杯子。

答案 テーブルの上（うえ）にコップがあります。

❸ 車站裡有自動販賣機嗎？

答案 駅（えき）に自動販売機（じどうはんばいき）がありますか？

3-6 好(す)き・嫌(きら)い／得意(とくい)・苦手(にがて)／上手(じょうず)・下手(へた)

「我喜歡、討厭、擅長、不會……某某」，這樣的句型在日常生活中很常用到，學會本節的句型，就可以清楚表達自己的喜好和專長了。

【句型】～が好(す)き（喜歡～）；～が嫌(きら)い（不喜歡～）

例 ① 我喜歡日本。

➡（私(わたし)は）日本(にほん)が好(す)きです。

例 ② 我不喜歡菸。

➡（私(わたし)は）タバコが嫌(きら)いです。

TIPS! 如果句子中的主詞很明確，例如「我」或「你」，在句子中常常會省略。

【句型】～が得意(とくい)（擅長～）；～が苦手(にがて)（不擅長～）

例 ① 我擅長網球。

➡（私(わたし)は）テニスが得意(とくい)です。

例 ② 我不擅長日語。

➡（私(わたし)は）日本語(にほんご)が苦手(にがて)です。

例 ③ 我不敢吃辣的。

➡（私(わたし)は）辛(から)い料理(りょうり)が苦手(にがて)です。

【句型】～が上手（じょうず）（厲害～；很會～）；～が下手（へた）（不會～）

例 ① 他網球打得很厲害。

➡ 彼（かれ）はテニスが上手（じょうず）です。

例 ② 我不會日語。

➡（私（わたし）は）日本語（にほんご）が下手（へた）です。

TIPS! 「上手」很少用在自己身上，通常是用來讚美別人，帶有客觀評價的意思。如是要描述自己的技能，會用「得意（とくい）」，表示對這項技能很有自信，較為主觀。

3-7

授受動詞：あげます・もらいます・くれます

本節我們會學到「授受動詞」的文法，就是給予和收受的意思。這也是很多學生容易搞錯的句型。重點是，要先搞清楚主語和接受的對象。日文中的授受動詞，主要是本節教到的這三個，分別是：あげます·もらいます·くれます。

【句型】A は B に「物」を あげます。（A 把「物」送給 B）

例 ① 我把書送給朋友了。

➡（私(わたし)は）友達(ともだち)に本(ほん)をあげました。

例 ② 我把生日禮物送給女朋友了。

➡（私(わたし)は）彼女(かのじょ)に誕生日(たんじょうび)プレゼントをあげました。

【句型】A は B に（から）「物」をもらいます。（A 從 B 那收到「物」）

例 ① 我從朋友那收到書了。

➡（私(わたし)は）友達(ともだち)に本(ほん)をもらいました。

例 ② 我從男朋友那收到生日禮物了。

➡（私(わたし)は）彼氏(かれし)に誕生日(たんじょうび)プレゼントをもらいました。

【句型】A が私(わたし)に「物」をくれます。（A 送「物」給我）

例 ① 朋友送書給我了 。

➡ 友達(ともだち)が（私(わたし)に）本(ほん)をくれました。

例 ② 男朋友送生日禮物給我了。

➡ 彼氏(かれし)が（私(わたし)に）誕生日(たんじょうび)プレゼントをくれました。

TIPS! 使用くれます的時候，收到東西的對象，一定是「我」。這一點不同於「あげます」和「もらいます」，這兩者收到的對象可以是任何人。

練習問題

❶ 私(わたし)は母(はは)＿＿＿＿花(はな)をあげました。

我把花送給媽媽了。

(1)に　(2)を　(3)で　(4)が

❷ 娘(むすめ)＿＿＿＿花(はな)をくれました。

女兒送給我花了。

(1)が　(2)を　(3)に　(4)で

❸ 私(わたし)は娘(むすめ)に花(はな)＿＿＿＿もらいました。

我從女兒那收到花了。

(1)で　(2)に　(3)が　(4)を

答案　第一題(1)；第二題(1)；第三題(4)。

3-8 貸(か)します・借(か)ります / 教(おし)えます・習(なら)います

本節和上一節的「授受動詞」的文法有點相像，會學習到「借出、借入、教導和學習」這四個動詞的用法。因為牽涉到主語和對象，也是很多學生容易搞錯的句型。其中「貸します」（借出）和「借ります」（借入）因為在中文經常都是翻譯成「借」，尤其要特別注意。

【句型】 AはBに「物」を貸(か)します。（A 把「物」借給 B）

例 我把筆借給朋友了。

➡（私(わたし)は）友達(ともだち)にペンを貸(か)しました。

【句型】 AはBに「物」を借(か)ります。（A 跟 B 借「物」）

例 我跟朋友借了筆。

➡（私(わたし)は）友達(ともだち)にペンを借(か)りました。

【句型】 AはBに「事情」を教(おし)えます。（A 教「事情」給 B）

例 我教了他日文。

➡（私(わたし)は）彼(かれ)に日本語(にほんご)を教(おし)えました。

【句型】 AはBに「事情」を習(なら)います。（A 跟 B 學習「事情」）

例 我跟老師學了日文 。

➡（私(わたし)は）先生(せんせい)に日本語(にほんご)を習(なら)いました。

PART

Ⅱ

動詞變化

LESSON

04

動詞ます形的用法

在前三堂課的影片中，我們已經學會了五十音和一些基礎的日文文法。第四堂課要正式學日文的動詞變化了。動詞變化是日文中非常重要的一套文法系統。動詞加上不同的語尾變化，就可以表達不同的時態或是語氣。不同的動詞型態會搭配固定的文法句型，所以學會動詞變化非常重要。順帶一提，目前我們學到的都是動詞ます形，這是與不熟的人對話時使用的禮貌形（丁寧形），通常是初學日文先學習的動詞型態。

讀者將在這一課學到動詞的三種分類和十二種動詞ます形的重要句型，大綱如下：

4-1

動詞的種類（重要！）

在開始學習「動詞ます形」之前，我們必須先學習日文動詞的三種分類，它們分別是：第一類動詞（在某些教科書裡，又被稱為「五段動詞」）、第二類動詞（又稱為「一段動詞」）和第三類動詞（カ行變格動詞、サ行變格動詞）。為什麼要學習動詞的分類呢？那是因為之後學習動詞變化的時候，這三種動詞的變化方式各不相同，所以各位每學到一個新的日文動詞時，要記得連這個動詞的分類一起記下來唷。

動詞的三種分類

1 第一類動詞 ます前面的母音是い（i）的音

2 第二類動詞 ます前面的母音是え（e）的音（有些特殊的是い的音）

TIPS! 遇到特殊的第二類動詞（ます前面的母音是い的音），如「見ます」和「起きます」，要特別背起來。特殊第二類動詞的列表，收錄在本書的附錄319頁。

3 第三類動詞 します和来ます（只有兩個，用背的即可）

第一類動詞	第二類動詞		第三類動詞
iます	eます	iます	
書きます（寫）	教えます（教）	起きます（起床）	します（做）
飲みます（喝）	開けます（打開）	降ります（下車）	来ます（來）
遊びます（玩）	食べます（吃）	見ます（看）	
撮ります（拍攝）	寝ます（睡）		
待ちます（等）			
買います（買）			
話します（說）			

4-2 ます形＋たい・たくない　想Ｖ・不想Ｖ

這一節會學到的ます句型可以用來表達「想做什麼動作」和「不想做什麼動作」，例如「我想喝咖啡」或是「今天不想工作」等意願，非常實用。值得注意的是，「ます形＋たい」之後，會變成複合形容詞，之後變化的方式跟「い形容詞」是一樣的。

【句型】ます形＋たい・たくない（想Ｖ・不想Ｖ）

用法	
意思	想Ｖ・不想Ｖ
接續	動詞ます形（~~ます~~）＋たい 動詞ます形（~~ます~~）＋たくない（否定）
例文①	想去日本
	行(い)きます➡行(い)きたい
	日本(にほん)へ行(い)きたいです。
例文②	不想吃麵包
	食(た)べます➡食(た)べたくない
	パンを食(た)べたくないです。

TIPS! Ｖ是「動詞」（Verb）的縮寫，在文法裡面表示「動作 / 動詞」。

【例文】

① 我想喝咖啡　（飲(の)みます➡飲(の)みたい）

➡コーヒーを飲(の)みたいです。

② 今天不想工作　（働(はたら)きます➡働(はたら)きたくない）

➡今日(きょう)は働(はたら)きたくないです。

③ 我想買新衣服　（買(か)います➡買(か)いたい）

➡新(あたら)しい服(ふく)を買(か)いたいです。

練習問題

❶ 夏休(なつやす)みは海(うみ)で＿＿＿＿たいです。（游泳：泳(およ)ぎます）

暑假的時候想要在海裡游泳。

(1)泳(およ)ぐ　(2)泳(およ)ぎ　(3)泳(およ)いだ　(4)泳(およ)ぎます

❷ 今日(きょう)は疲(つか)れたので＿＿＿＿ないです。（念書：勉強(べんきょう)します）

因為今天很累所以不想念書。

(1)勉強(べんきょう)すたく　(2)勉強(べんきょう)したい　(3)勉強(べんきょう)したく　(4)勉強(べんきょう)します

答案　第一題(2)；第二題(3)

4-3 ます形+ながら　一邊V一邊V

在這個句型中，可以學會同時做兩個動作的表現，例如「邊聽音樂邊念書」、「邊唱歌邊洗澡」這樣的句子。在此需要注意的是，通常後面的動作才是主要動作。

【句型】ます形+ながら（一邊V一邊V）

用法	
意思	一邊V一邊V
接續	動詞ます形（~~ます~~）+ながら
例文①	一邊聽音樂一邊唸書
	聞きます➡聞きながら
	音楽を聞きながら勉強します。
例文②	一邊讀報紙一邊吃飯
	読みます➡読みながら
	新聞を読みながらごはんを食べます。

【例文】

①一邊看電視一邊抽菸　（見ます➡見ながら）

➡テレビを見ながらタバコを吸います。

②一邊唱歌一邊洗澡　（歌います➡歌いながら）

➡歌を歌いながらシャワーを浴びます。

③一邊彈吉他一邊唱歌　（弾きます➡弾きながら）

➡ギターを弾きながら歌を歌います。

✲練✲習✲問✲題✲

❶ 友達（ともだち）と________ながら家（うち）に帰（かえ）りました。（聊天：話（はな）します）
跟朋友邊聊邊走路回家。

(1)話（はな）す　(2)話（はな）します　(3)話（はな）する　(4)話（はな）し

❷ 彼（かれ）は________ながらジュースを飲（の）んでいます。（走路：歩（ある）きます）
他一邊走路一邊喝果汁。

(1)歩（ある）き　(2)歩（ある）く　(3)歩（ある）いて　(3)歩（ある）か

答案　第一題(4)；第二題(1)

4-4 ます形+やすい・にくい 容易V・不容易V

在這一節，我們要學如何描述一個物品好不好用、一首歌是否容易唱，或是課程是否好懂。跟「ます形＋たい」會變成複合形容詞一樣，「ます形＋やすい」的時態變化也跟「い形容詞」一樣。

【句型】ます形+やすい・にくい（容易V・不容易V）

用法	
意思	容易（很好）V・不容易（很難）V
接續	動詞ます形（~~ます~~）＋やすい・にくい
例文①	這支筆很好寫
	書(か)きます➡書(か)きやすい
	このペンは書(か)きやすいです
例文②	這支筆不好寫
	書(か)きます➡書(か)きにくい
	このペンは書(か)きにくいです。

【例文】

①這個藥容易吃 （飲(の)みます➡飲(の)みやすい）
➡この薬(くすり)は飲(の)みやすいです。

TIPS! 日文中的吃藥，不管是粉末、顆粒或是藥水，都是用「薬(くすり)を飲(の)みます」。

②鈴木老師的課容易懂 （分(わ)かります➡分(わ)かりやすい）
➡鈴木先生(すずきせんせい)の授業(じゅぎょう)は分(わ)かりやすいです。

③這支手機很難用 （使(つか)います➡使(つか)いにくい）
➡この携帯電話(けいたいでんわ)は使(つか)いにくいです。

✻練✻習✻問✻題✻

❶ この歌(うた)は簡単(かんたん)なので＿＿＿＿やすいです。（唱歌：歌(うた)います）

因為這首歌很簡單，所以很容易唱。

(1)歌(うた)　(2)歌(うた)い　(3)歌(うた)って　(4)歌(うた)う

❷ このかばんは＿＿にくいです。（拿：持(も)ちます）

這個包包不好拿。

(1)持(も)つ　(2)持(も)って　(3)持(も)ち　(4)持(も)ます

答案　第一題(2)；第二題(3)

4-5 ます形＋かた（方） 做V的方法

在這個句型中，我們要學習如何把各種動詞變成複合名詞，「ます形＋方」意指做事的方法，例如「使用方法」、「學習方法」、「做菜方法」和「影印方法」等。

【句型】 ます形＋かた（方）（做V的方法）

用法	
意思	做V的方法
接續	動詞ます形（~~ます~~）＋かた（方）
例文①	不知道怎麼用（使用的方法）
	使います➡使い方
	使い方が分かりません。
例文②	請你教我怎麼買車票（買的方法）
	買います➡買い方
	切符の買い方を教えてください。

【例文】

①這個料理的做法很簡單 （作ります➡作り方）

➡この料理の作り方は簡単です。

②請教我東京車站怎麼走 （行きます➡行き方）

➡東京駅の行き方を教えてください。

③不知道怎麼學日語 （します➡しかた）

➡日本語の勉強のしかたが分かりません。

TIPS! しかた也可以使用「仕方」來標示。

練習問題

❶すみませんが、コピーの____かたを教(おし)えて下(くだ)さい。

不好意思，請教我影印的方法。

(1) し　(2)します　(3) して　(4) する

❷先生(せんせい)の____方(かた)はとても上手(じょうず)です。

老師的教學方法很厲害。

(1)教(おし)えます　(2)教(おし)え　(3)教(おし)える　(4)教(おし)えて

答案　第一題(1)；第二題(2)

4-6 ます形＋始(はじ)めます 開始V

在這一節動詞ます形的句型中，我們會學到如何描述「開始做某件事情」，例如「開始學日文」、「開始寫日記」、「開始工作」等。

【句型】ます形＋始(はじ)めます（開始V）

用法	
意思	開始V
接續	動詞ます形（~~ます~~）＋始(はじ)めます
例文①	從今天開始寫日記
	書(か)きます➡書(か)き始(はじ)めます
	今日(きょう)から日記(にっき)を書(か)き始(はじ)めます。
例文②	櫻花是三月開始開花
	咲(さ)きます➡咲(さ)き始(はじ)めます
	桜(さくら)は三月(さんがつ)から咲(さ)き始(はじ)めます。

【例文】

① 她從四月開始工作了（働(はたら)きます➡働(はたら)き始(はじ)めます）
➡彼女(かのじょ)は四月(しがつ)から働(はたら)き始(はじ)めました。

② 最近開始讀日語書了（読(よ)みます➡読(よ)み始(はじ)めます）
➡最近(さいきん)、日本語(にほんご)の本(ほん)を読(よ)み始(はじ)めました。

③ 他從二十五歲開始抽菸（吸(す)います➡吸(す)い始(はじ)めます）
➡彼(かれ)は二十五歳(にじゅうごさい)でタバコを吸(す)い始(はじ)めました。

練習問題

❶ お昼ごはんを＿＿＿＿始めたら、友達が家に来ました。

才開始吃午餐，朋友就到家裡了。

(1)食べる　(2)食べます　(3)食べた　(4)食べ

❷ 最近、将来の事について＿＿＿＿始めました。（思考：考えます）

最近，開始思考未來的事情。

(1)考え　(2)考える　(3)考えます　(4)考えた

答案 第一題(4)；第二題(1)

4-7

ます形＋終わります 做完V

在這一節，我們要學習如何描述「做完某件事」，例如「功課寫完了」、「午餐吃完了」、「話講完了」等。

【句型】 ます形＋終わります（做完Ｖ）

用法	
意思	做完Ｖ
接續	動詞ます形（~~ます~~）＋終わります
例文①	老師，我寫完了
	書きます➡書き終わります
	先生、書き終わりました。
例文②	吃完了嗎？
	食べます➡食べ終わります
	食べ終わりましたか？

【例文】

①終於看完這本書了 （読みます➡読み終わります）
➡やっとこの本を読み終わりました。

②洗完衣服了 （洗います➡洗い終わります）
➡服を洗い終わりました。

③講完了嗎？ （話します➡話し終わります）
➡話し終わりましたか？

✲練✲習✲問✲題✲

❶ タバコを＿＿＿＿終(お)わったら行(い)きましょう。

香菸抽完後就走吧。

(1)吸(す)う　(2) 吸(す)います　(3) 吸(す)って　(4) 吸(す)い

---

❷ このコーヒーを＿＿＿＿終(お)わるまで待(ま)って下(くだ)さい。

請你等我喝完這杯咖啡。

(1)飲(の)み　(2)飲(の)む　(3)飲(の)みます　(4)飲(の)んだ

答案　第一題(4)；第二題(1)

4-8

ます形＋続(つづ)けます　持續地Ｖ

在這個動詞ます形的句型中，我們會學到如何描述「持續做某件事」，例如「一直唱歌唱了五小時」、「整天一直在寫報告」等。

【句型】ます形＋続(つづ)けます（持續地Ｖ）

用法	
意思	持續地Ｖ
接續	動詞ます形（~~ます~~）＋続(つづ)けます
例文①	等朋友等了一個小時
	待(ま)ちます➡待(ま)ち続(つづ)けます
	友達(ともだち)を一時間(いちじかん)も待(ま)ち続(つづ)けます。
例文②	昨天唱歌唱了五個小時
	歌(うた)います➡歌(うた)い続(つづ)けます
	昨日(きのう)五時間(ごじかん)も歌(うた)い続(つづ)けました。

TIPS! 上面兩個例句的も，都是強調數量很多的意思。

【例文】

①他從大阪開始一直走到神戶（歩(ある)きます➡歩(ある)き続(つづ)けます）
➡彼(かれ)は大阪(おおさか)から神戸(こうべ)まで歩(ある)き続(つづ)けました。

②他一直吃到肚子很飽為止（食(た)べます➡食べ続(つづ)けます）
➡彼(かれ)はお腹(なか)がいっぱいになるまで食(た)べ続(つづ)けました。

③這電腦我會使用到壞掉為止（使(つか)います➡使(つか)い続(つづ)けます）
➡このパソコンは壊(こわ)れるまで使(つか)い続(つづ)けます。

練習問題

❶ 昨日一日中レポートを＿＿＿＿続けました。

昨天一整天一直在寫報告。

(1)書く　(2)書きます　(3)書き　(4)書いて

❷ 彼女が許してくれるまで、＿＿＿＿続けました。

在女朋友原諒之前，會持續道歉。

(1)謝ります　(2)謝り　(3)謝る　(4)謝った

答案 第一題(3)；第二題(2)

4-9 ます形＋出しします 突然Ｖ起來

在這個句型中，我們會學到如何描述「突然出現了什麼動作」，例如「突然下起雨來」、「突然生起氣來」、「電話突然響起來」等。這個句型本身就含有「突然」的意思，所以可以省略「突然地」（急に）。

【句型】ます形＋出します（突然Ｖ起來）

用法	
意思	突然Ｖ起來
接續	動詞ます形（~~ます~~）＋出します
例文①	突然下起雨來了
	降ります➡降り出します
	（急に）雨が降り出しました。
例文②	嬰兒突然哭起來了
	泣きます ➡ 泣き出します
	（急に）赤ちゃんが泣き出しました。

【例文】

①老師突然生氣起來了（怒ります ➡ 怒り出します）
➡（急に）先生が怒り出しました。

②車子突然動起來了（動きます ➡ 動き出します）
➡（急に）車が動き出しました。

③電話突然響起來了（鳴ります ➡ 鳴り出します）
➡（急に）電話が鳴り出しました。

練習問題

❶ 彼は話を聞いた瞬間、急に＿＿＿＿＿出しました。

他聽到話語的瞬間，突然跑了起來。

(1)走る　(2)走り　(3)走しら　(4)走ります

❷ 急にお腹が痛く＿＿＿＿＿出しました。

肚子突然痛了起來。

(1) なります　(2) なり　(3) なって　(4) なった

答案　第一題(2)；第二題(2)

4-10 ます形＋に行きます　去Ｖ（表達目的）

在這個動詞ます形的句型中，我們將學到如何描述「為了某個目的而去」，例如「去日本看櫻花」、「去居酒屋喝酒」、「去學校見朋友」等。

【句型】ます形＋に行きます（去Ｖ）

用法	
意思	去Ｖ（表達目的）
接續	動詞ます形（~~ます~~）＋ に行きます
例文①	去百貨公司買衣服
	買います➡買いに行きます
	デパートへ 服を買いに行きます。
例文②	去日本看櫻花
	見ます ➡ 見に行きます
	日本へ桜を見に行きます

【例文】

①我要去居酒屋喝酒　（飲みます ➡ 飲みに行きます）
➡居酒屋へ（お酒を）飲みに行きます。

②我要去圖書館借書　（借ります ➡ 借りに行きます）
➡図書館へ本を借りに行きます。

③我要去朋友家玩　（遊びます ➡ 遊びに行きます）
➡友達の家へ遊びに行きます。

練習問題

❶ 外(そと)へタバコを＿＿＿＿に行(い)きます。

去外面抽菸。

⑴ 吸(す)う ⑵吸(す)い ⑶吸(す)います ⑷吸(す)って

---

❷ 明日(あした)、学校(がっこう)へ友達(ともだち)に＿＿＿＿に行(い)きます。

明天要去學校見朋友。

⑴会(あ)う　⑵会(あ)って　⑶会(あ)います　⑷会(あ)い

答案 第一題⑵；第二題⑷

4-11 ます形＋ませんか？ 要不要一起Ｖ？

接下來 4-11 到 4-13 這三節，會介紹三個關於邀約的句型，分別是「ます形＋ませんか？」(要不要一起Ｖ？)、「ます形＋ましょう」(一起Ｖ吧！)、「ます形＋ましょうか」(要不要幫你Ｖ？)。本節會先學到「要不要一起做某件事？」，例如「要不要一起吃飯？」、「要不要一起看電影？」等。

【句型】ます形＋ませんか？(要不要一起Ｖ？)

用法	
意思	要不要一起Ｖ？(表達邀約)
接續	動詞ます形 (~~ます~~) ＋ ませんか？
例文①	要不要一起吃飯？
	食(た)べます ➡ 食(た)べませんか？
	(一緒(いっしょ)に) 食(た)べませんか？
例文②	要不要一起去日本？
	行(い)きます ➡ 行(い)きませんか？
	(一緒(いっしょ)に) 日本(にほん)へ行(い)きませんか？

【例文】

① 要不要一起看電影？ (見(み)ます ➡ 見(み)ませんか)
➡ (一緒(いっしょ)に) 映画(えいが)を見(み)ませんか？

② 要不要一起喝咖啡？ (飲(の)みます ➡ 飲(の)みませんか)
➡ (一緒(いっしょ)に) コーヒーを飲(の)みませんか？

③ 要不要一起玩？ (遊(あそ)びます ➡ 遊(あそ)びませんか)
➡ (一緒(いっしょ)に) 遊(あそ)びませんか？

✲練✲習✲問✲題✲

❶ 一緒(いっしょ)に ________ ませんか？

要一起唱歌嗎？

(1)歌(うた)　(2)歌(うた)う　(3)歌(うた)って　(4)歌(うた)い

---

❷ 一緒(いっしょ)にテニスを________ませんか？

要一起打網球嗎？

(1)する　(2)し　(3)す　(4)した

答案 第一題(4)；第二題(2)

4-12 ます形＋ましょう 一起Ｖ吧！

這個句型跟 4-11 的句型類似，都是在表達「邀約」，只是把疑問句改成肯定句，意思是「一起做某件事吧」，例如「一起吃飯吧」、「一起看電影吧」、「一起唱歌吧」等。相較之下「ます形＋ましょう」更輕鬆一點，「ませんか？」則是詢問的語氣多一點（更加禮貌）。

【句型】ます形＋ましょう（一起Ｖ吧！）

用法	
意思	一起Ｖ吧！（表達邀約）
接續	動詞ます形（~~ます~~）＋ ましょう
例文①	一起吃飯吧！
	食べます ➡ 食べましょう
	（一緒に）ごはんを食べましょう。
例文②	一起去日本吧！
	行きます ➡ 行きましょう。
	（一緒に）日本へ行きましょう。

【例文】

①一起喝酒吧！（飲みます ➡ 飲みましょう）
➡（一緒に）お酒を飲みましょう。

②一起玩吧！（遊びます ➡ 遊びましょう）
➡（一緒に）遊びましょう。

③一起回家吧！（帰ります ➡ 帰りましょう）
➡（一緒に）帰りましょう。

✲練✲習✲問✲題✲

❶ 一緒(いっしょ)に ________ ましょう。

一起唱歌吧！

(1)歌(うた)　(2)歌(うた)う　(3)歌(うた)って　(4)歌(うた)い

❷ 一緒(いっしょ)に参加(さんか)________ましょう。

一起參加吧！

(1)する　(2)し　(3)す　(4)した

答案 第一題(4)；第二題(2)

4-13 ます形＋ましょうか？ 要不要幫你Ｖ？

雖然跟前兩個句型一樣是在表達勸誘邀約，但「ます形＋ましょうか？」的句型主要是用來表達自己想主動幫忙，例如「要不要幫你拿行李？」、「要不要幫忙？」「要不要幫你泡咖啡？」等。

【句型】ます形＋ましょうか？（要不要幫你Ｖ？）

用法	
意思	要不要幫你Ｖ？（表達主動幫忙）
接續	動詞ます形（~~ます~~）＋ましょうか？
例文①	要不要幫你開窗戶？
	開(あ)けます➡開(あ)けましょうか？
	窓(まど)を開(あ)けましょうか？
例文②	要不要幫你拿行李？
	持(も)ちます➡持(も)ちましょうか？
	荷物(にもつ)を持(も)ちましょうか？

【例文】

①要不要幫忙？（手伝(てつだ)います➡手伝(てつだ)いましょうか）
➡手伝(てつだ)いましょうか？

②要不要幫你丟垃圾？（捨(す)てます➡捨(す)てましょうか）
➡ごみを捨(す)てましょうか？

③要不要幫你拍照？（撮(と)ります➡撮(と)りましょうか）
➡写真(しゃしん)を撮(と)りましょうか？

✿練✿習✿問✿題✿

❶ その資料(しりょう)をコピー ＿＿＿＿ ましょうか。

要不要幫你影印資料？

⑴する　⑵します　⑶し　⑷す

❷ コーヒーを＿＿＿＿ましょうか。

要不要幫你泡咖啡？（泡咖啡：コーヒーをいれます）

⑴いれ　⑵いれる　⑶はいり　⑷はいる

答案 第一題⑶；第二題⑴

LESSON

05

動詞て形的變化與用法

第五課要學的是「動詞て形」。這是日文動詞變化中最複雜、但也是最常用的。學會了て形之後，其他如「た形」或「ない形」等變化就會相對簡單非常多。

5-1 動詞て形的變化方式

上一堂課（4-1）解釋過日文動詞總共分成三個種類，分別是第一類動詞、第二類動詞和第三類動詞。之所以要分類，就是因為這三種類型的動詞變化規則並不相同。所以，進行動詞變化的第一步，就是先分辨這個動詞是屬於哪一類，搞清楚分類之後再進行下一步的變化。て形的規則基本如下：

將動詞ます形改成て形的規則

1 第一類動詞

① きます ➡ いて

　ぎます ➡ いで（注意て要變成濁音で）

② にます、びます、みます ➡ んで（注意這三個て都要變成濁音で）

③ います、ちます、ります ➡ って（促音）

④ します ➡ して

TIPS! 前三條規則稱之為「音便」，是為了「發音方便」而產生的，只會出現在第一類動詞的て形和た形的變化中。「音便」是很多初學者的關卡，要特別注意背起來唷。

2 第二類動詞

ます ➡ て。

3 第三類動詞

します ➡ して

来（き）ます ➡ 来（き）て

（只有兩個，用背的即可）

第一類動詞		第二類動詞		第三類動詞	
ます形	て形	ます形	て形	ます形	て形
書(か)きます	書(か)いて	食(た)べます	食(た)べて	します	して
急(いそ)ぎます	急いで	寝(ね)ます	寝(ね)て	来(き)ます	来(き)て
行(い)きます	行(い)って	見(み)ます	見(み)て		
飲(の)みます	飲(の)んで	起(お)きます	起(お)きて		
呼(よ)びます	呼(よ)んで				
取(と)ります	取(と)って				
買(か)います	買(か)って				
立(た)ちます	立(た)って				
消(け)します	消(け)して				

TIPS! 上表「行(い)きます」的て形是「行(い)って」(而非「行(い)いて」)，屬於例外，要特別注意。「見(み)ます」「起(お)きます」則是特殊第二類動詞，即ます前面的音是 i(不是 e)。

練習問題

請把「ます形」改成「て形」：

❶ 言(い)います ➡ 第一類 ➡ ______________

答案 言(い)って

❷ 忘(わす)れます ➡ 第二類 ➡ ______________

答案 忘(わす)れて

❸ 歩(ある)きます ➡ 第一類 ➡ ______________

答案 歩(ある)いて

❹ 住(す)みます ➡ 第一類 ➡ ______________

答案 住(す)んで

❺ 来(き)ます ➡ 第三類 ➡ ______________

答案 来(き)て

❻ 電話(でんわ)します ➡ 第三類 ➡ ______________

答案 電話(でんわ)して

❼ 見(み)ます ➡ 第二類 ➡ ______________

答案 見(み)て

5-2

て形＋ください 請你Ｖ

在這個動詞て形的句型中，我們會學到如何描述「請求別人做某件事」，例如「請坐下」、「請脱鞋」、「請等一下」等。另外，這句話的否定形「ない形＋でください」（請你不要Ｖ）在 7-4。

【句型】て形＋ください（請你Ｖ）

用法	
意思	請你Ｖ
接續	動詞て形＋ください
例文①	請你等一下
	待ちます➡待って
	ちょっと待ってください。
例文②	請你開門
	開けます ➡ 開けてください
	ドアを開けてください。

【例文】

①請你叫計程車 （呼びます ➡ 呼んで）

➡タクシーを呼んでください。

②請你脫鞋 （脱ぎます ➡ 脱いで）

➡靴を脱いでください。

③請你明天五點過來 （来ます ➡ 来て）

➡明日、五時に来てください。

練習問題

❶ すみません。この資料（しりょう）をコピー ＿＿＿＿ ください。

不好意思。請幫我影印資料。

(1) する　(2) すて　(3) して　(4) しって

❷ 日本語（にほんご）を ＿＿＿＿ ください。

請教我日文。

(1) 教（おし）える　(2) 教（おし）えて　(3) 教（おし）って　(3) 教（おし）て

答案　第一題(3)；第二題(2)

5-3 て形依賴句型的客氣程度

在上一節 5-2，我們學會了「動詞て形＋ください」（請你 V）這個經典的請求句型，但其實用て形來表示「拜託和請求」的句型還有很多（請見下表）。雖然意思相同，但禮貌和客氣的程度差異很大，會直接影響到適用的情境和對象。所以讀者要記得，雖然表達拜託和請求都是用て形，但後面接的句型，必須根據說話者與對方的關係來選擇使用，如果用錯對象可是會有點失禮的。

客氣度	句型	例句	適用對象
0	動詞て形	教えて！！（教我！）	關係非常親密的家人或朋友
1	動詞て形＋ちょうだい	教えてちょうだい（可以教我嗎？）	關係親密或上對下
1	動詞て形＋くれない	教えてくれない？（可以教我嗎？）	關係親密或上對下
1	動詞て形＋もらえない	教えてもらえない？（可以教我嗎？）	關係親密或上對下
2	動詞て形＋ください	教えてください（請教我）	一般客氣
2	動詞て形＋くれませんか	教えてくれませんか？（可以教我嗎？）	一般客氣
2	動詞て形＋もらえませんか	教えてもらえませんか？（可以教我嗎？）	一般客氣
3	動詞て形＋いただけませんか	教えていただけませんか？（不知道您可否教我？）	非常客氣

【例文】

①請你開門（開(あ)けます ➡ 開(あ)けて）

➡ドアを開(あ)けてください。（一般客氣）

➡ドア（を）開(あ)けてくれない？（關係親密）

➡ドア（を）開(あ)けて！！（關係非常親密）

TIPS! 關係越親近，越可以省略括號裡面的助詞。

②請你拍照（撮(と)ります ➡ 撮(と)って）

➡写真(しゃしん)を撮(と)っていただけませんか？（非常客氣）

➡写真(しゃしん)を撮(と)ってください。（一般客氣）

➡写真(しゃしん)（を）撮(と)ってくれない？（關係親密）

➡写真(しゃしん)撮(と)って！！（關係非常親密）

5-4

て形＋から V之後

在這一節的句型中，我們將學到如何描述「先做某個動作後再做另一個動作」，例如「看書之後睡覺」、「起床之後去刷牙」等，這個句型強調的是「先後順序」。

【句型】て形＋から（V之後）

用法	
意思	V之後
接續	動詞て形＋から
例文①	洗手之後吃飯
	洗います ➡ 洗って
	手を洗ってからごはんを食べます。
例文②	看書之後睡覺
	読みます ➡ 読んで
	本を読んでから寝ます。

【例文】

①工作結束之後學習日語 （終わります ➡ 終わって）
➡仕事が終わってから日本語を勉強します。

②做功課之後出去玩 （します ➡ して）
➡宿題をしてから遊びに行きます。

③吃早餐之後打掃房間 （食べます ➡ 食べて）
➡朝ごはんを食べてから部屋を掃除します。

✲練✲習✲問✲題✲

❶ お風呂(ふろ)に________から寝(ね)ます。

泡完澡後去睡覺。

(1)入(はい)ります　(2)入(はい)り　(3)入(はい)る　(4)入(はい)って

---

❷ 朝(あさ)、____から歯(は)を磨(みが)きます。

早上起床後刷牙。

(1)起(お)きる　(2)起(お)きって　(3)起(お)きて　(4)起(お)き

TIPS! 起(お)きます是（特殊）第二類動詞，詳情請參考 319 頁。

答案 第一題(4)；第二題(3)

5-5

て形＋もいいです 可以Ｖ（表達許可）

在這個動詞て形的句型中，我們會學到如何描述「可以做某個動作」，例如「可以坐在這裡嗎？」、「這裡可以拍照嗎？」等徵求對方許可的方法。

【句型】て形＋もいいです（可以Ｖ）

用法	
意思	可以Ｖ（表達許可）
接續	動詞て形＋もいいです
例文①	可以吃這個蛋糕嗎？
	食（た）べます ➡ 食（た）べて
	このケーキを食（た）べてもいいですか？
例文②	可以回家嗎？
	帰（かえ）ります ➡ 帰（かえ）って
	帰（かえ）ってもいいですか？

【例文】

①可以喝這個咖啡嗎？（飲（の）みます ➡ 飲（の）んで）

➡このコーヒーを飲（の）んでもいいですか？

②可以在這裡拍照嗎？（撮（と）ります ➡ 撮（と）って）

➡ここで写真（しゃしん）を撮（と）ってもいいですか？

③可以抽菸嗎？（吸（す）います ➡ 吸（す）って）

➡タバコを吸（す）ってもいいですか？

✲練✲習✲問✲題✲

❶ ここに ＿＿＿＿ もいいですか？（坐下：座(すわ)ります）

可以坐在這裡嗎？

(1)座(すわ)る　(2)座(すわ)って　(3)座(すわ)りて　(4)座(すわ)た

❷ この事(こと)を彼(かれ)に＿＿＿＿もいいですか？（告訴、說：話(はな)します）

這件事情可以告訴他嗎？

(1)話(はな)すて　(2)話(はな)す　(3)話(はな)して　(4)話(はな)って

答案　第一題(2)；第二題(3)

5-6 て形＋はいけません　不可以V（表達禁止）

上一節學了用て形表達許可，這一節要學如何用て形表示「不可以做某個動作」，例如「不可以看」、「不可以跑」等。

【句型】 て形＋はいけません（不可以V）

用法	
意思	不可以V（表達禁止）
接續	動詞て形＋はいけません
例文①	不可以喝酒
	飲（の）みます ➡ 飲（の）んで
	お酒（さけ）を飲（の）んではいけません。
例文②	不可以抽菸
	吸（す）います ➡ 吸（す）って
	タバコを吸（す）ってはいけません。

【例文】

①不可以在這裡打棒球 （します ➡ して）
➡ ここで野球（やきゅう）をしてはいけません。

②在教室不可以跑 （走（はし）ります ➡ 走（はし）って）
➡ 教室（きょうしつ）で走（はし）ってはいけません。

③在醫院不可以用手機 （使（つか）います ➡ 使（つか）って）
➡ 病院（びょういん）で携帯電話（けいたいでんわ）を使（つか）ってはいけません。

✲練✲習✲問✲題✲

❶ 美術館（びじゅつかん）で写真（しゃしん）を ＿＿＿＿ はいけません。

在美術館不可以拍照。

(1)撮（と）ります　(2)撮（と）る　(3)撮（と）て　(4)撮（と）って

---

❷ この事（こと）は絶対（ぜったい）に ＿＿＿＿ はいけません。

這件事絕對不可以說。

(1)話（はな）す　(2)話（はな）して　(3)話（はな）って　(4)話（はな）り

答案　第一題(4)；第二題(2)

5-7

て形＋みます　V看看（表達嘗試）

這一節要學如何用て形表達「試著做某個動作看看」，例如「吃看看」、「穿看看」、「聽看看」等。這個句型裡面的「みます」，就是所謂的「補助動詞」，補助動詞是在原本動詞的意思之外增加更細膩的表達。日文中常見的補助動詞有：ておく、てくれる、てもらう、てあげる、てみる等。

【句型】て形＋みます（V看看）

用法	
意思	V看看（嘗試看看）
接續	動詞て形＋みます
例文①	我要吃看看這個蛋糕
	食(た)べます ➡ 食(た)べて
	このケーキを食(た)べてみます。
例文②	我要穿看看這件衣服
	着(き)ます ➡ 着(き)て
	この服(ふく)を着(き)てみます。

【例文】

①可以穿看看嗎？（着(き)ます ➡ 着(き)てみます ➡ 着(き)てみて）
➡ 着(き)てみてもいいですか？

②可以喝看看嗎？（飲(の)みます ➡ 飲(の)んでみます ➡ 飲(の)んでみて）
➡ 飲(の)んでみてもいいですか？

③請你吃看看（食(た)べます ➡ 食(た)べてみます ➡ 食(た)べてみて）
➡ 食(た)べてみてください。

練習問題

❶ この靴（くつ）を________みてもいいですか？

這個鞋子可以穿看看嗎？

(1)履（は）く　(2)履（は）いて　(3)履（は）って　(4)履（は）きます

TIPS! 穿衣服➡服（ふく）を着（き）ます；穿鞋子➡靴（くつ）を履（は）きます。

❷ これは新潟（にいがた）の日本酒（にほんしゅ）です。よかったら________みてください。

這是新潟的日本酒。不嫌棄的話，請喝看看。

(1)飲（の）む　(2) 飲（の）んで　(3) 飲（の）み　(4) 飲（の）って

答案　第一題(2)；第二題(2)

5-8 て形＋しまいます① 做完V

「て形＋しまいます」這個句型比較特別，因為它有三種不同的意思，而且都很重要。所以在接下來的三個章節，我會一一介紹這三種意思的用法，分別是「做完了某件事」、「不小心做了某件事」和「很遺憾發生某件事」。

【句型】て形＋しまいます①（做完V）

用法	
意思	做完V（把事情弄完）
接續	動詞て形＋しまいます
例文①	明天之前我要寫完報告
	書きます ➡ 書いて
	明日までにレポートを書いてしまいます。
例文②	今天內我要做完功課
	します ➡ して
	今日中に宿題をしてしまいます。

【例文】

①下個星期之前我要讀完這本書　（読みます ➡ 読んで）
➡ 来週までにこの本を読んでしまいます。

②五點之前我要把這些資料影印好　（します ➡ して）
➡ 五時までにこれらの資料をコピーしてしまいます。

③今天內我要看完這個連續劇　（見ます ➡ 見て）
➡ 今日中にこのドラマを見てしまいます。

✻練✻習✻問✻題✻

❶ 今夜中（こんやじゅう）に、これらの単語（たんご）を＿＿＿＿しまいます。

今晚要把這些單字背完。

(1) 覚（おぼ）えて　(2) 覚（おぼ）って　(3) 覚（おぼ）える　(4) 覚（おぼ）え

❷ 今日中（きょうじゅう）に、この仕事（しごと）を＿＿＿＿しまいます。

今天要把這些工作做完。

(1) すて　(2) する　(3) して　(4) します

答案　第一題(1)；第二題(3)

5-9

て形＋しまいます② 不小心V

て形＋しまいます的第二個用法，就是「不小心做了某件事」，例如「不小心打破了杯子」、「不小心掉了錢包」、「不小心迷了路」等。

【句型】て形＋しまいます②（不小心V）

用法	
意思	不小心V
接續	動詞て形＋しまいます
例文①	不小心遲到了
	遅刻(ちこく)します ➡ 遅刻(ちこく)して
	遅刻(ちこく)してしまいました。
例文②	不小心掉了錢包
	落(お)とします ➡ 落(お)として
	財布(さいふ)を落(お)としてしまいました。

【例文】

①不小心吃掉了姊姊的蛋糕　（食(た)べます ➡ 食(た)べて）
➡ 姉(あね)のケーキを食(た)べてしまいました。

②不小心說了她的祕密　（言(い)います ➡ 言(い)って）
➡ 彼女(かのじょ)の秘密(ひみつ)を言(い)ってしまいました。

TIPS! 也可以用「秘密(ひみつ)を話(はな)します」。

③不小心弄破杯子了　（割(わ)ります ➡ 割(わ)って）
➡ コップを割(わ)ってしまいました。

✼練✼習✼問✼題✼

❶ 傘(かさ)を持(も)ってくるのを ＿＿＿＿ しまいました。

不小心忘記帶雨傘了。

(1)忘(わす)れます　(2)忘(わす)れる　(3)忘(わす)って　(4)忘(わす)れて

❷ 道(みち)を ＿＿＿＿ しまいました。（搞錯：間違(まちが)います）

不小心搞錯道路了。

(1)間違(まちが)う　(2)間違(まちが)い　(3)間違(まちが)って　(4)間違(まちが)り

答案：第一題(4)；第二題(3)

5-10

て形＋しまいます③ 很遺憾V

て形＋しまいます的第三個用法，就是「（很遺憾）發生了某件事」，例如「電腦壞掉了」、「房子倒了」、「冰淇淋融化了」。這個句型用在表達遺憾的時候，動詞通常是「自動詞」而非「他動詞」。關於自動詞與他動詞的概念，103 頁會有更詳細的解釋。

【句型】 て形＋しまいます③（很遺憾地Ｖ）

用法	
意思	很遺憾Ｖ（自動詞）
接續	動詞て形＋しまいます
例文①	電腦壞掉了（遺憾語氣）
	壊(こわ)れます ➡ 壊(こわ)れて
	パソコンが壊(こわ)れてしまいました。
例文②	因為地震，房子倒了（遺憾語氣）
	倒(たお)れます ➡ 倒(たお)れて
	地震(じしん)で家(いえ)が倒(たお)れてしまいました。

【例文】

①因為雨，袋子破掉了　（破(やぶ)れます ➡ 破(やぶ)れて）
➡ 雨(あめ)で袋(ふくろ)が破(やぶ)れてしまいました。

TIPS! 這裡的助詞で，用來表達「原因」。

②因為風，火滅掉了　（消(き)えます ➡ 消(き)えて）
➡ 風(かぜ)で火(ひ)が消(き)えてしまいました。

③冰淇淋融化了　（溶(と)けます ➡ 溶(と)けて）
➡ アイスクリームが溶(と)けてしまいました。

✻練✻習✻問✻題✻

❶ 台風(たいふう)で木(き)が ________ しまいました。

因為颱風，樹木折斷了。

⑴折(お)れる　⑵ 折(お)れます　⑶折(お)れて　⑷折(お)れた

❷ 大学(だいがく)の試験(しけん)に ________ しまいました。（落榜：落(お)ちます）

大學的考試沒有考上。

⑴落(お)ちます　⑵落(お)ちて　⑶落(お)ちる　⑷落(お)ちた

答案　第一題⑶；第二題⑵

5-11

てしまいます的口語表現 ちゃう

在前面三節，我們學了三種「て形＋しまいます」用法，分別是表達完成某動作、不小心做了某動作和很遺憾發生了某動作。這一節則是要學習「てしまいます」的口語化說法「ちゃう」。相對於較為正式的「書面語」，所謂的「口語」是一般對話中較常見的用語，日文中有很多常見的口語用法，在之後的文章中會再慢慢教各位。

【句型】てしまいます的口語表現：ちゃう

用法	
意思	てしまいます的口語說法：ちゃう
接續	動詞て形しまいます ➡ ちゃう（過去式：ちゃった）
例文①	口語：電腦壞掉了（遺憾語氣）
	壊(こわ)れてしまいました ➡ 壊(こわ)れちゃった
	パソコンが壊(こわ)れちゃった。
例文②	口語：忘記帶雨傘了（表達不小心）
	忘(わす)れてしまいました ➡ 忘(わす)れちゃった
	傘(かさ)を忘(わす)れちゃった。

【例文】

①我要把它影印完，所以等我一下 （してしまいます ➡ しちゃう）

➡ コピーしちゃうので、ちょっと待(ま)ってください。

②不小心失敗了，該怎麼辦…… （してしまいました ➡ しちゃった）

➡ 失敗(しっぱい)しちゃった、どうしよう。

③因為雨，衣服濕掉了 （濡(ぬ)れてしまいました ➡ 濡(ぬ)れちゃった）

➡ 雨(あめ)で服(ふく)が濡(ぬ)れちゃった。

練習問題

❶ 飛行機(ひこうき)の時間(じかん)に ________ 。どうしよう。（遲到、沒趕上：遅(おく)れます）

不小心沒趕上飛機的時間。怎麼辦？

⑴遅(おく)りちゃった　⑵遅(おく)れちゃった　⑶遅(おく)る　⑷遅(おく)って

❷ 台風(たいふう)で木(き)が________。（折斷：折(お)れます）

因為颱風，樹木折斷了。

⑴折(お)りちゃう　⑵折(お)りちゃった　⑶折(お)れちゃった　⑷折(お)る

答案　第一題⑵；第二題⑶

5-12 文法講座 他動詞與自動詞

在前四篇的「てしまいます」的文法中，我們首次學到了「他動詞」和「自動詞」的概念，這是日文文法中許多讀者容易搞錯的地方，在此再稍微解釋一下這個重要的概念。

	他動詞	自動詞
解釋	需要受詞的動詞（及物動詞）	不需要受詞的動詞、自然現象等（不及物動詞）
語法	基本上前面的助詞是「を」	基本上前面的助詞是「が、に」
例句①	ご飯を食べます。（吃飯）	雨が降ります。（下雨）
例句②	ビールを飲みます。（喝啤酒）	友達に会います。（與朋友見面）
例句③	本を読みます。（讀書）	日本へ行きます。（去日本）

容易搞混的自他動詞

①ドアを開けます。（他動詞） ➡ 把門打開（動作）
ドアが開きます。（自動詞） ➡ 門開了（現象）

②車を止めます。（他動詞） ➡ 把車停下（動作）
車が止まります。（自動詞） ➡ 車子停了（現象）

③電話を壊します。（他動詞） ➡ 把電話弄壞（動作）
電話が壊れます。（自動詞） ➡ 電話壞了（現象）

④紙を破ります。（他動詞） ➡ 把紙撕破（動作）
紙が破れます。（自動詞） ➡ 紙破了（現象）

5-13

て形＋います ①正在V（動作）②V（長期的狀態）

「て形＋います」有兩個主要的意思，就是正在做某個動作，例如「正在看電視」、「正在下雨」等，類似英文裡面的「現在進行式」；另外一個意思則是用來表達「長期的狀態」，例如「我已婚」、「我住在日本」等。

【句型】て形＋います：①正在V（動作）②V（長期的狀態）

用法	
意思	①正在V（動作）　②V（長期的狀態）
接續	動詞て形＋います
例文①	正在看電視
	見ます ➡ 見て
	テレビを見ています。
例文②	住在日本（長期的狀態）
	住みます ➡ 住んで
	日本に住んでいます。

【例文】

①正在下雨　（降ります ➡ 降って）
➡ 雨が降っています。（正在發生的動作）

②我已婚　（します ➡ して）
➡ 私は結婚しています。（長期的狀態）

③正在吃午餐　（食べます ➡ 食べて）
➡ 昼ごはんを食べています。（正在發生的動作）

✼練✼習✼問✼題✼

❶ 部長(ぶちょう)は田中(たなか)さんと＿＿＿＿＿いま す。

部長正在跟田中先生講話。（正在進行的動作）

(1)話(はな)します　(2)話(はな)すて　(3)話(はな)して　(4)話(はな)って

❷ 私(わたし)は銀行(ぎんこう)で＿＿＿＿＿います。

我在銀行工作。（長期的狀態）

(1)働(はたら)く　(2)働(はたら)いて　(3)働(はたら)きて　(4)働(はたら)って

答案　第一題(3)；第二題(2)

5-14

自動詞て形＋います　V 的狀態（單純的現象）

這一節學到的「自動詞て形＋います」和下一節 5-15 的「他動詞て形＋あります」的中文翻譯都是在表達現象，但所使用的文法和隱含的意義卻不太一樣。自動詞是單純表達現象，例如「窗戶是開著的」、「電腦壞掉了」；他動詞則隱含了這個現象是刻意為之的結果，例如「窗戶被人打開了」或「電腦被弄壞了」，所以學的時候，除了要先分清楚他動詞和自動詞，也要跟下一節 5-15 的句型一起思考比較。

【句型】 自動詞て形＋います（V 的狀態、單純的現象）

用法	
意思	V 的狀態（單純的現象）
接續	～ が ＋自動詞て形＋います
例文①	窗戶開著（狀態）
	開(あ)きます（自動詞）➡ 開(あ)いて
	窓(まど)が開(あ)いています。
例文②	電腦壞掉（狀態）
	壊(こわ)れます（自動詞）➡ 壊(こわ)れて
	パソコンが壊(こわ)れています。

【例文】

①早上的電車總是很擁擠（狀態）（込(こ)みます【自】；込(こ)めます【他】）

➡ 朝(あさ)の電車(でんしゃ)はいつも込(こ)んでいます。

②冷氣開著（狀態）（つきます【自】；つけます【他】）

➡ クーラーがついています。

③燈關著（狀態）（消(き)えます【自】；消(け)します【他】）

➡ 電気(でんき)が消(き)えています。

✻練✻習✻問✻題✻

❶ 袋(ふくろ)が ________ います。

袋子破了。（破(やぶ)れます【自】；破(やぶ)ります【他】）

(1) 破(やぶ)ります　(2) 破(やぶ)れます　(3) 破(やぶ)って　(4) 破(やぶ)れて

---

❷ かばんの中(なか)に本(ほん)が________ います。

包包有放書。（入(はい)ります【自】；入(い)れます【他】）

(1)入(はい)ります　(2)入(い)れて　(3)入(はい)って　(4)入(い)れて

答案　第一題(4)；第二題(3)

5-15

他動詞て形＋あります　V的狀態（有人刻意為之）

相對於上一節的句型「自動詞て形＋います」描述的是一種自然現象，本節的「他動詞て形＋あります」則是強調刻意為之的結果，例如「窗戶被人打開了」或「電腦被弄壞了」。

【句型】他動詞て形＋あります：V的狀態（有人刻意為之）

用法	
意思	V的狀態（某人有意圖下做的結果與狀態）
接續	～が＋他動詞て形＋あります
例文①	窗戶開著（某人刻意打開的狀態）
	開（あ）けます（他動詞）➡開（あ）けて
	窓（まど）が開（あ）けてあります。
例文②	桌上有放杯子（某人特意放在桌上的狀態）
	置（お）きます（他動詞）➡置（お）いて
	机（つくえ）の上（うえ）にコップが置（お）いてあります。

【例文】

①房間的電燈開著（狀態）　（つきます【自】；つけます【他】）

➡部屋（へや）の電気（でんき）がついています。（自動詞，單純描述狀態）

➡部屋（へや）の電気（でんき）がつけてあります。

（他動詞，可能有人來所以先打開）

②停車場有車停著。（とまります【自】；とめます【他】）

➡駐車場（ちゅうしゃじょう）に車（くるま）がとまっています。（自動詞：單純狀態）

➡駐車場（ちゅうしゃじょう）に車（くるま）がとめてあります。

（他動詞：有意圖，可能等一下要用車）

✽練✽習✽問✽題✽

❶ 椅子(いす)が ________ あります。

椅子已經放好了。（他動詞，有意圖的狀態，等下可能會用）

(1)置(お)きます　(2)置(お)きて　(3)置(お)って　(4)置(お)いて

❷ 切符(きっぷ)はもう ________ あります。

車票已經買好了。（他動詞）

(1)買(か)う　(2)買(か)って　(3)買(か)った　(4)買(か)て

答案　第一題(4)；第二題(2)

5-16

他動詞て形＋おきます① 保持現在的狀態

「他動詞て形＋おきます」這個句型有兩個主要的意思，分別是本節的「保持現在的狀態」，例如「杯子放著就好」、「門開著就好」，和下一節（5-17）的「事先準備」，這兩個意思都很常用，要熟記唷。

【句型】他動詞て形＋おきます①（保持現在的狀態）

用法	
意思	保持現在的狀態（請保持原狀）
接續	他動詞て形＋おきます（おいてください）
例文①	門開著就好
	開(あ)けます（他動詞）➡ 開(あ)けて
	ドアは開(あ)けておいてください。
例文②	房間的燈，開著就好
	つけます（他動詞）➡ つけて
	部屋(へや)の電気(でんき)はつけておいてください。

【例文】

①杯子放著就好　（置(お)きます ➡ 置(お)いて）

➡ コップは置(お)いておいてください。

➡ コップは置(お)いといてください。（口語表現）

②請你保持原狀　（そのままにする ➡ そのままにして）

➡ そのままにしておいてください。

➡ そのままにしといてください（口語表現）

TIPS! 這個句型中的「てお」在口語中常會簡化成「と」。

練習問題

❶ 明日会議(あしたかいぎ)があるので、椅子(いす)はそのままに________おいてください。

因為明天有會議，椅子保持現在的狀態就好了。

(1) します　(2) して　(3) する　(4) しった

---

❷ 後(あと)で私(わたし)が洗(あら)うので、お皿(さら)は________おいてください。

因為我晚一點會洗，盤子請先放著就好。

(1) 置(お)きます　(2) 置(お)きて　(3) 置(お)って　(4) 置(お)いて

答案　第一題(2)；第二題(4)

5-17

他動詞て形＋おきます② 事先準備（先V好）

「他動詞て形＋おきます」這個句型除了上一節的「保持原狀」之外，另外一個意思是「提前準備」，例如「請先買好車票」或是「先預約好餐廳」。

【句型】 他動詞て形＋おきます②：事先準備（先V好）

用法	
意思	事先準備（先V好）
接續	他動詞て形＋おきます
例文①	去日本之前先買好車票
	買います（他動詞）➡買って
	日本へ行く前に、切符を買っておきます。
例文②	開會前先準備好資料
	準備します（他動詞）➡準備して
	会議の前に、資料を準備しておきます。

【例文】

①上課前先預習好　（予習します ➡ 予習して）

➡授業の前に予習しておきます。

②請你開會之前先想好主意　（考えます ➡ 考えて）

➡会議の前にアイデアを考えておいてください。

③先預約好餐廳　（予約します ➡ 予約して）

➡レストランを予約しておきます。

✽練✽習✽問✽題✽

❶ 日本(にほん)へ留学(りゅうがく)に行(い)く前(まえ)に日本語(にほんご)を勉強(べんきょう)________おきます。

去日本留學前先把日文學好。

(1)します　(2)しった　(3)する　(4)して

❷ 試合(しあい)の前(まえ)に朝(あさ)ごはんを________おきます。

比賽之前先吃早餐。

(1)食(た)べる　(2)食(た)べり　(3)食(た)べて　(4)食(た)べって

答案　第一題(4)；第二題(3)

5-18 て形＋欲しい　希望你V

「て形＋欲しい」這個句型可以表達自己的期望，例如「希望你坐下」或「希望你唱歌給我聽」。

【句型】て形＋欲しい（希望你V）

用法	
意思	希望你V
接續	動詞て形＋欲しい
例文①	希望你過來
	来ます ➡ 来て
	来て欲しいです。
例文②	希望你教我日語
	教えます ➡ 教えて
	日本語を教えて欲しいです。

【例文】

① 希望你唱歌給我聽　（歌います ➡ 歌って）
➡ 歌を歌って欲しいです。

② 希望明天下雨　（降ります ➡ 降って）
➡ 明日、雨が降って欲しいです。

③ 希望你買給我手錶　（買います ➡ 買って）
➡ 時計を買って欲しいです。

✼練✼習✼問✼題✼

❶ 彼には絶対に優勝________欲しいです。

希望他一定要拿到冠軍。

(1) します　(2) しった　(3) する　(4) して

❷ 日本へ行ったら是非、日本料理を________欲しいです。

如果來日本的話，我希望你吃日本料理唷。

(1) 食べる　(2) 食べり　(3) 食べて　(4) 食べって

答案　第一題(4)；第二題(3)

LESSON

06

動詞た形的變化與用法

第五課我們學了て形的用法，這一課學的是た形的用法。各位辛苦學完了て形是有代價的，因為た形的變化跟て形是一樣的，所以同學們不用害怕。以下是本堂課的目錄，只有五個小節，跟て形列出的十八種重要文法比起來，是否十分簡短呢？雖然這次的影片只有22 分鐘，一下就可以學完五個句型，但た形也經常用到，一定要學起來唷。

6-1 た形的變化方法

好消息！て形和た形的變化規則是一模一樣的，我們已經學過了て形的規則（5-1），這裡只需要把て換成た就大功告成了，再來複習一下規則：

動詞ます形變成た形的規則

1 第一類動詞：

① きます ➡ いた

ぎます ➡ いだ（注意ぎ要變成濁音だ）

② にます、びます、みます ➡ んだ（注意た要變成濁音だ）

③ います、ちます、ります ➡ った（促音）

④ します ➡ した

TIPS! 前三條是第一類動詞的て形和た形會出現的「音便」規則。

2 第二類動詞 ます ➡ た

3 第三類動詞 します ➡ した

来ます ➡ 来た

第一類動詞		第二類動詞		第三類動詞	
ます形	た形	ます形	た形	ます形	た形
書きます（寫）	書いた	食べます（吃）	食べた	します（做）	した
急ぎます（趕）	急いだ	寝ます（睡）	寝た	来ます（來）	来た
行きます（去）	行った	見ます（看）	見た		
飲みます（喝）	飲んだ	起きます（起床）	起きた		
呼びます（叫）	呼んだ				
撮ります（拍）	撮った				
買います（買）	買った				
立ちます（站）	立った				
消します（擦去）	消した				

TIPS! 上表「行きます」的た形是「行った」，屬於例外。「見ます」「起きます」則是特殊第二類動詞。

練習問題

請把下列動詞「ます形」改成「た形」：

❶ 洗(あら)います➡第一類 ➡ ________________

答案 洗(あら)った

---

❷ 座(すわ)ります➡第一類 ➡ ________________

答案 座(すわ)った

---

❸ 覚(おぼ)えます➡第二類➡ ________________

答案 覚(おぼ)えた

---

❹ 乗(の)ります➡第一類➡ ________________

答案 乗(の)った

---

❺ 説明(せつめい)します➡第三類 ➡ ________________

答案 説明(せつめい)した

---

❻ 調(しら)べます➡第二類 ➡ ________________

答案 調(しら)べた

---

❼ 起(お)きます➡（特殊的）第二類 ➡ ________________

答案 起(お)きた

6-2

た形＋ことがあります　有Ｖ過（的經驗）

這個句型可以表達「有這樣的經驗」，是將動詞名詞化的一種方法。こと的漢字寫作「事」，就是「事情」的意思。例如「去過日本」或「看過雪」就可以使用這個句型。

【句型】た形＋ことがあります（有Ｖ過的經驗）

用法	
意思	有Ｖ過（的經驗）
接續	動詞た形＋ことがあります
例文①	我有去過日本
	行きます ➡ 行った
	（私は）日本へ行ったことがあります。
例文②	你有看過這本書嗎？
	読みます ➡ 読んだ
	（あなたは）この本を読んだことがありますか？

【例文】

①我沒有搭過飛機　（乗ります ➡ 乗った）
➡ 飛行機に乗ったことがありません。

②你有吃過這間店的蛋糕嗎？　（食べます ➡ 食べた）
➡ この店のケーキを食べたことがありますか？

③小時候學過鋼琴　（習います ➡ 習った）
➡ 小さい頃、ピアノを習ったことがあります。

練習問題

❶ 雪（ゆき）を＿＿＿＿＿ことがありますか？

你有看過雪嗎？

(1) 見（み）ます　(2) 見（み）る　(3) 見（み）った　(4) 見（み）た

---

❷ お酒（さけ）を＿＿＿＿＿ことがありますか？

你有喝過酒嗎？

(1) 飲（の）みます　(2) 飲（の）んで　(3) 飲（の）んだ　(3) 飲（の）むだ

答案　第一題(4)；第二題(3)

TIPS! 再次提醒，一般日文問句中最後的「か」就代表問句，後面接句號即可。本書中為了統一強調問句，所以才使用問號。

6-3

た形＋り、た形＋り＋します　V啊、V啊（舉例動作）

這個句型可以用來舉例幾個非同時的動作，例如「看櫻花、吃烏龍麵等」或「彈鋼琴、做運動等」。

【句型】 た形＋り、た形＋り＋します（V啊、V啊）

用法	
意思	V啊、V啊（舉例幾個動作，非同時）
接續	動詞た形＋り、動詞た形＋りします
例文①	明天我要去學校啊、跟朋友吃飯等等
	行きます ➡ 行った、食べます ➡ 食べた
	明日は学校へ行ったり、友達とご飯を食べたりします。
例文②	我想在日本看櫻花、吃烏龍麵等等
	見ます ➡ 見た、食べます ➡ 食べた
	日本で桜を見たり、うどんを食べたりしたいです。

【例文】

① 昨天我有做料理啊、學日語啊等等

（作ります ➡ 作った、勉強します ➡ 勉強した）

➡ 昨日は料理を作ったり、日本語を勉強したりしました。

② 我的興趣是彈鋼琴啊、做運動等等

（弾きます ➡ 弾いた、運動します ➡ 運動した）

➡ 私の趣味はピアノを弾いたり、運動したりすることです。

✲練✲習✲問✲題✲

❶ 週末(しゅうまつ)はいつも家族(かぞく)と＿＿＿＿＿たり、食事(しょくじ)したりします。

週末總是和家人散步啊、吃飯等等。

(1)散歩(さんぽ)　(2)散歩(さんぽ)し　(3)散歩(さんぽ)する　(4)散歩(さんぽ)す

❷ 日本(にほん)へ行(い)ったら、京都(きょうと)へ行(い)ったり、スキーを＿＿＿＿＿りしたいです。

如果去日本的話，想去京都啊、滑雪之類的。

(1)します　(2)する　(3)した　(3)しった

答案　第一題(2)；第二題(3)

06

動詞た形的變化與用法

6-4

た形＋ほうがいいです　V比較好（給別人建議）

這個句型用來給別人建議，例如「早一點睡覺比較好」或「做運動比較好」這類的說法。

【句型】た形＋ほうがいいです（V比較好）

用法	
意思	V比較好（給別人建議）
接續	動詞た形＋ほうがいいです（よ）
例文①	你吃藥比較好喔
	飲(の)みます ➡ 飲(の)んだ
	薬(くすり)を飲(の)んだほうがいいですよ。
例文②	你早一點睡覺比較好喔
	寝(ね)ます ➡ 寝(ね)た
	早(はや)く寝(ね)たほうがいいですよ。

【例文】

①你做運動比較好喔　（運動(うんどう)します ➡ 運動(うんどう)した）
➡ 運動(うんどう)したほうがいいですよ。

②你吃蔬菜比較好喔　（食(た)べます ➡ 食(た)べた）
➡ 野菜(やさい)を食(た)べたほうがいいですよ。

③你帶雨傘去比較好喔　（持(も)って行(い)きます ➡ 持(も)って行(い)った）
➡ 傘(かさ)を持(も)って行(い)ったほうがいいですよ。

練習問題

❶ 早(はや)く準備(じゅんび)を ________ ほうがいいですよ。

早一點準備會比較好喔。

(1) する (2) して (3) した (4) しって

---

❷ ホテルまでは遠(とお)いので、タクシーを ________ ほうがいいですよ。

因為離飯店很遠，所以叫計程車會比較好喔。

(1) 呼(よ)び (2) 呼(よ)んで (3) 呼(よ)んだ (3) 呼(よ)った

答案 第一題(3)；第二題(3)

6-5

た形＋まま　V著（保持V的狀態）

這個た形句型可以用來表達保持某個狀態做某件事，例如「戴著隱形眼鏡就睡著了」或「穿著鞋子走進去」這類的說法。也很常搭配 5-9 的「てしまいます」來表達不小心做了什麼事。

【句型】た形＋まま：V著（保持V的狀態）

用法	
意思	V著（保持V的狀態）
接續	動詞た形＋まま
例文①	昨天開著電視睡著了
	つけます ➡ つけた
	昨日（きのう）、テレビをつけたまま寝（ね）ました。
例文②	請你坐著聽
	座（すわ）ります ➡ 座（すわ）った
	座（すわ）ったまま聞（き）いてください。

【例文】

① 昨天不小心開著窗戶睡著了　（開（あ）けます ➡ 開（あ）けた）
➡ 昨日（きのう）、窓（まど）を開（あ）けたまま寝（ね）てしまいました。

② 日本的房子是不能穿著鞋子進去　（履（は）きます ➡ 履（は）いた）
➡ 日本（にほん）の家（いえ）は靴（くつ）を履（は）いたまま入（はい）ってはいけません。

③ 不小心開著冷氣出門了　（つけます ➡ つけた）
➡ クーラーをつけたまま出（で）かけてしまいました。

✲練✲習✲問✲題✲

❶ 昨日(きのう)は疲(つか)れていたので、コンタクトを________まま寝(ね)てしまった。

昨天很累的關係，不小心隱形眼鏡戴著就睡著了。

(1) する　(2) すて　(3) して　(4) した

❷ 帽子(ぼうし)を________まま授業(じゅぎょう)を受(う)けてはいけません。

不可以戴著帽子上課。

(1) かぶります　(2) かぶる　(3) かぶって　(4) かぶった

答案　第一題(4)；第二題(4)

LESSON

07

動詞ない形的變化和用法

學完了て形和た形，第七課要學的是「ない形」的變化和用法，這個變化主要在表達「否定」的用法。「ない形」變化的方法跟前兩個比起來相對簡單許多，所以同學們不用害怕。除了變化，也會學到ない形的四個重要句型。以下是本影片的目錄，長度是 22 分鐘，是最適合一次就學起來的分量唷。

7-1 ない形的變化規則

7-2 ない形＋なければなりません 必須V

7-3 ない形＋なくてもいいです 不用 V

7-4 ない形＋でください 請你不要V

7-5 ない形＋ほうがいいです 不要V比較好（給別人建議）

7-1 ない形的變化規則

跟て形和た形動詞變化一樣，在學習ない形的動詞變化之前，要先知道日文動詞的三種分類，分別是第一類動詞、第二類動詞和第三類動詞。忘記怎麼分類的同學，可以回到4-1 複習。

將動詞ます形改成ない形的方法

1 第一類動詞　ます前面的「い（i）的母音」➡「あ（a）的母音＋ない」

2 第二類動詞　ます➡ない

3 第三類動詞　します➡しない
来ます➡ 来ない（注意發音有改變）

第一類動詞		第二類動詞		第三類動詞	
i ます形	a ない形	ます形	ない形	ます形	ない形
書きます　（寫）	書かない	食べます　（吃）	食べない	します（做）	しない
飲みます　（喝）	飲まない	寝ます　（睡）	寝ない	来ます（來）	来ない
作ります　（做）	作らない	教えます　（教）	教えない		
待ちます　（等）	待たない	忘れます　（忘）	忘れない		
呼びます　（叫）	呼ばない	見ます　（看）	見ない		
出します（拿出）	出さない	起きます（起床）	起きない		
買います　（買）	買わない	借ります（借入）	借りない		
		浴びます（沖澡）	浴びない		

藍色底線為特殊第二類動詞（ます前面的母音是 i）

TIPS! 特別注意，第一類動詞前面的ます的い是要改成わ（不是あ），例如上表中的「買います」要改成「買わない」。

練習問題

請把「ます形」改成「ない形」：

❶ 弾（ひ）きます➡ 第一類 ➡ ________

答案 弾（ひ）かない

---

❷ 捨（す）てます➡ 第二類 ➡ ________

答案 捨（す）てない

---

❸ 心配（しんぱい）します➡ 第三類 ➡ ________

答案 心配（しんぱい）しない

---

❹ 泊（と）まります➡ 第一類 ➡ ________

答案 泊（と）まらない

---

❺ 登（のぼ）ります➡ 第一類 ➡ ________

答案 登（のぼ）らない

---

❻ 言（い）います➡ 第一類 ➡ ________

答案 言（い）わない

---

❼ 急（いそ）ぎます➡ 第一類 ➡ ________

答案 急（いそ）がない

7-2 ない形＋なければなりません　必須V

這個ない形句型表達的是「必須 / 應該」，例如「必須穿制服」或「必須吃三次藥」這類的說法。比較值得注意的是，這個句型原本的意思是「非做什麼不可」，這就是中文也有的「雙重否定」，負負得正之後的意思就是肯定囉。另外，這個句型因為有點長所以比較難念，跟著老師多念幾次影片中的例句，可以快速幫助記憶唷。

【句型】ない形＋なければなりません（必須V）

TIPS!「なければなりません」也可以寫成「なくてはいけません」。

用法	
意思	必須V・應該V
接續	動詞ない形（な~~い~~）＋なければなりません
例文①	明天必須八點起床
	起きます ➡ 起きない
	明日は八時に起きなければなりません。
例文②	明天之前必須寫報告
	書きます ➡ 書かない
	明日までにレポートを書かなければなりません。

【例文】

①我們學校必須要穿制服（着ます ➡ 着ない）

➡ 私達の学校は制服を着なければなりません。

②因為下個月有考試，所以必須要學習（勉強します ➡ 勉強しない）

➡ 来月テストがありますから、勉強しなければなりません。

③因為沒有電梯，所以必須要爬樓梯（登ります ➡ 登らない）

➡ エレベーターがありませんから、階段を登らなければなりません。

練習問題

❶ 一日(いちにち)に三回(さんかい)薬(くすり)を＿＿＿＿なければなりません。

一天必須要吃三次藥。

(1)飲(の)む　(2)飲(の)み　(3)飲(の)ま　(4)飲(の)まない

❷ もうすぐ出発(しゅっぱつ)の時間(じかん)ですから、＿＿＿＿なければなりません。

因為出發時間快到了，必須要趕一下。

(1)急(いそ)が　(2)急(いそ)ぎ　(3)急(いそ)がない　(3)急(いそ)ぐ

答案　第一題(3)；第二題(1)

7-3

ない形＋なくてもいいです　不用Ｖ

在 5-5 那一節我們有學過「て形＋もいいです」(可以Ｖ)，本節的ない形句型就是此句的否定形，可以表達「不用做某件事也可以」。例如「不用擔心唷」、「不用等我沒關係」或「不用吃藥也可以」。

【句型】ない形＋なくてもいいです（不用Ｖ）

TIPS! 此句型中的「なくてもいいです」也可以換成「なくてもかまいません」。

用法	
意思	不用Ｖ（不需要Ｖ）
接續	動詞ない形（~~ない~~）＋なくてもいいです・なくてもかまいません
例文①	不用寫報告
	書きます➡書かない
	レポートを書かなくてもいいです。
例文②	不用吃藥
	飲みます ➡飲まない
	薬を飲まなくてもいいです。

【例文】

①不用擔心喔（心配します➡心配しない）
➡心配しなくてもいいですよ。

②明天不用來上課喔（来ます➡来ない）
➡明日は授業に来なくてもいいですよ。

③如果不喜歡，不用吃也沒關係喔（食べます➡食べない）
➡もし嫌いなら、食べなくてもいいですよ。

練習問題

❶ 遅(おそ)くなるので、＿＿＿＿ なくてもいいですよ。

我會晚到，不用等我也沒關係唷。

(1) 待(ま)ち　(2) 待(ま)た　(3) 待(ま)つ　(4) 待(ま)たない

❷ まだ時間(じかん)はあるので ＿＿＿＿ なくてもいいですよ。

因為還有時間，不用趕也沒關係。

(1) 急(いそ)ぐ　(2) 急(いそ)いで　(3) 急(いそ)が　(4) 急(いそ)いだ

答案　第一題(2)；第二題(3)

7-4

ない形＋でください　請你不要Ｖ

這個ない形句型可以表達「請你不要抽菸」、「請你不要關電視」這樣的輕微命令句的否定形。另外，這個句型是 5-2「て形＋ください」（請你Ｖ）的否定句，忘記的同學可以先去 5-2 複習一下唷。

【句型】ない形＋でください（請你不要Ｖ）

用法	
意思	請你不要Ｖ
接續	動詞ない形＋でください
例文①	請你不要抽菸
	吸(す)います ➡ 吸(す)わない
	タバコを吸(す)わないでください。
例文②	請你不要關電視
	消(け)します ➡ 消(け)さない
	テレビを消(け)さないでください。

【例文】

①開會時間請你不要遲到　（遅(おく)れます ➡ 遅(おく)れない）
➡ 会議(かいぎ)の時間(じかん)に遅(おく)れないでください。

②請你不要說這件事情　（言(い)います ➡ 言(い)わない）
➡ この事(こと)は言(い)わないでください。

③請你不要丟掉這本書　（捨(す)てます ➡ 捨(す)てない）
➡ この本(ほん)を捨(す)てないでください。

練習問題

❶ 日本へ帰っても、私の事を＿＿＿＿でください。

回日本後，也請不要忘記我（的事）。

(1)忘らない　(2)忘りない　(3) 忘れる　(4) 忘れない

❷ 図書館で携帯電話を使用＿＿＿＿でください。

圖書館裡請不要使用行動電話。

(1) し　(2) しない　(3) するない　(3) します

答案　第一題(4)；第二題(2)

7-5 ない形＋ほうがいいです 不要V比較好

這個ない形句型可以表達給別人建議，例如「不要抽菸比較好喔」或「不要用跑的比較好喔」這類的說法，通常句尾會加上「よ」，類似中文的「喔」。這句的肯定形是 6-4 的句型「動詞た形＋ほうがいいです」（V比較好）。

【句型】 ない形＋ほうがいいです（不要V比較好）

用法	
意思	不要V比較好（給別人建議）
接續	動詞ない形＋ほうがいいです（よ）
例文①	不要抽菸比較好喔
	吸（す）います➡吸（す）わない
	タバコを吸（す）わないほうがいいですよ。
例文②	不要喝酒比較好喔
	飲（の）みます➡飲（の）まない
	お酒（さけ）を飲（の）まないほうがいいですよ。

【例文】

①不要在那家餐廳吃比較好喔 （食（た）べます ➡ 食（た）べない）

➡ あのレストランで食（た）べないほうがいいですよ。

②不要看那部電影比較好喔 （見（み）ます ➡ 見（み）ない）

➡ あの映画（えいが）を見（み）ないほうがいいですよ。

TIPS! 上面這句助詞的を，也可以用は來代替，口語的時候，用後者比較多。

③那個吹風機容易壞掉，不要買比較好喔 （買（か）います ➡ 買（か）わない）

➡ あのドライヤーは壊（こわ）れやすいので、買（か）わないほうがいいですよ。

練習問題

❶ 夜(よる)は一人(ひとり)で________ないほうがいいですよ。

晚上不要一個人走路比較好喔。

(1)歩(ある)く　(2)歩(ある)き　(3)歩(ある)か　(4)歩(ある)いて

❷ 危(あぶ)ないですから、________ないほうがいいですよ。

因為很危險，不要用跑的比較好喔。

(1)走(はし)る　(2)走(はし)ります　(3)走(はし)ら　(3)走(はし)って

答案　第一題(3)；第二題(3)

LESSON

08

動詞辭書形的變化與用法

第八堂課的影片裡面，我們會學到動詞的辭書形，又稱為動詞的「原型」，意指動詞在辭典裡面的呈現，是非常重要的文法概念。同樣的，我們會先學辭書形的變化，再加上三個常用的用法，這三個用法都是將動詞辭書形轉換成名詞（辭書形＋こと）使用。影片的長度是 17 分鐘，目錄如下，複習的時候也可以個別加強喔。本章的目錄如下：

8-1

辭書形的變化方式

辭書形的變化並不難，跟前面學到幾種動詞變化一樣，首先將動詞的分類搞清楚，再依照三種分類來變化。

動詞辭書形變化的規則說明

1 第一類動詞　ます前面的「い（i）的母音」➡「う（u）的母音」

2 第二類動詞　ます ➡ る

3 第三類動詞　します ➡ する
来(き)ます ➡ 来(く)る（注意發音改變）

第一類動詞		第二類動詞		第三類動詞	
i ます形	u 辭書形	ます形	辭書形	ます形	辭書形
書(か)きます　（寫）	書(か)く	食(た)べます　（吃）	食(た)べる	します（做）	する
飲(の)みます　（喝）	飲(の)む	寝(ね)ます　（睡）	寝(ね)る	来(き)ます（來）	来(く)る
作(つく)ります　（做）	作(つく)る	教(おし)えます　（教）	教(おし)える		
待(ま)ちます　（等）	待(ま)つ	忘(わす)れます　（忘）	忘(わす)れる		
呼(よ)びます　（叫）	呼(よ)ぶ	見(み)ます　（見）	見(み)る		
出(だ)します（拿出）	出(だ)す	起(お)きます　（起床）	起(お)きる		
買(か)います　（買）	買(か)う	借(か)ります　（借入）	借(か)りる		
		浴(あ)びます　（沖澡）	浴(あ)びる		

藍色底線為特殊第二類動詞（ます前面的母音是 i）

練習問題

請把「ます形」改成「辭書形」：

❶ 弾（ひ）きます ➡ 第一類 ➡ ______________

答案 弾（ひ）く

---

❷ 話（はな）します ➡ 第一類 ➡ ______________

答案 話（はな）す

---

❸ 運転（うんてん）します ➡ 第三類 ➡ ______________

答案 運転（うんてん）する

---

❹ 開（あ）けます ➡ 第二類 ➡ ______________

答案 開（あ）ける

---

❺ 歌（うた）います ➡ 第一類 ➡ ______________

答案 歌（うた）う

---

❻ 言（い）います ➡ 第一類 ➡ ______________

答案 言（い）う

---

❼ 泳（およ）ぎます ➡ 第一類 ➡ ______________

答案 泳（およ）ぐ

8-2

辭書形＋ことです　V這件事

前面 6-2 的時候曾學過「た形＋ことがあります」（曾有這樣的經驗），是將動詞名詞化的一種方法。這裡要學的是「辭書形＋こと」，也是將動詞變成名詞，指的是「V 這件事」，例如「吃飯這件事情」、「睡覺這件事情」。把動詞變成名詞之後，就可以用來描述自己的興趣，喜歡或討厭的事情。

【句型】辭書形＋ことです（V 這件事）

用法	
意思	V 這件事（將動詞轉換成名詞）
接續	動詞辭書形＋ことです
例文①	我的興趣是看電影
	見（み）ます ➡ 見（み）る
	私（わたし）の趣味（しゅみ）は映画（えいが）を見（み）ることです。
例文②	我的興趣是看書
	読（よ）みます ➡ 読（よ）む
	私（わたし）の趣味（しゅみ）は本（ほん）を読（よ）むことです。

【例文】

① 我的興趣是聽音樂　（聞（き）きます ➡ 聞（き）く）
➡ 私（わたし）の趣味（しゅみ）は音楽（おんがく）を聞（き）くことです。

② 我喜歡的事情是吃東西　（食（た）べます ➡ 食（た）べる）
➡ 私（わたし）の好（す）きな事（こと）は食（た）べることです。

③ 我喜歡的事情是睡覺　（寝（ね）ます ➡ 寝（ね）る）
➡ 私（わたし）の好（す）きな事（こと）は寝（ね）ることです。

練習問題

❶ 私の趣味は旅行＿＿＿＿ことです。

我的興趣是旅行。

(1) し　(2) す　(3) した　(4) する

---

❷ 私の好きな事は、歌を＿＿＿＿ことです。

我喜歡的事情是唱歌。

(1) 歌い　(2) 歌います　(3) 歌　(4) 歌う

答案　第一題(4)；第二題(4)

8-3 辭書形＋こと＋ができます 能 / 會 / 可以V

上一節，學會了「辭書形＋こと」是將動詞變成名詞，指的是「V這件事」，除了表達喜歡或討厭「V這件事」之外，如果加上「ができます」，就可以表達能力，例如「我會彈鋼琴」、「我會開車」、「我會唱日文歌」等。除了這個句型，也可以直接用「可能動詞」來表達「會做某件事 / 動作」，請參考本書 9-1。

【句型】 辭書形＋こと＋ができます（能 / 會 / 可以V）

用法	
意思	能 / 會 / 可以V（表達能力許可）
接續	動詞辭書形＋こと＋ができます
例文①	我會講日文
	話（はな）します ➡ 話（はな）す
	私（わたし）は日本語（にほんご）を話（はな）すことができます。
例文②	我會彈鋼琴
	弾（ひ）きます ➡ 弾（ひ）く
	（私（わたし）は）ピアノを弾（ひ）くことができます。

【例文】

①我會開車　（運転（うんてん）します ➡ 運転（うんてん）する）

➡（私（わたし）は）車（くるま）を運転（うんてん）することができます。

②這間餐廳可以使用信用卡　（使（つか）います ➡ 使（つか）う）

➡ このレストランはクレジットカードを使（つか）うことができます。

③你會喝酒嗎？（飲（の）みます ➡ 飲（の）む）

➡ お酒（さけ）を飲（の）むことができますか？

練習問題

❶ この海(うみ)で＿＿＿＿ことができますか？

可以在這個海中游泳嗎？

(1)泳(およ)ぎ　(2)泳(およ)ぐ　(3)泳(およ)ぎます　(4)泳(およ)

❷ 彼(かれ)は日本語(にほんご)で歌(うた)を＿＿＿＿ことができます。

他會唱日文歌。

(1)歌(うた)い　(2)歌(うた)って　(3)歌(うた)った　(4)歌(うた)う

答案　第一題(2)；第二題(4)

08 動詞辭書形的變化與用法

8-4 辭書形＋こと（の）が好き・嫌い／上手・下手です

喜歡・討厭 / 很會・不太會 V 這件事

上一節教過「辭書形＋こと」是將動詞變成名詞，指的是「V 這件事」。這個用法也可以用來表達「喜歡・討厭 / 很會・不太會某件事」，這個句型基本上跟 8-3 一樣，所以我們就直接來看以下五個例句。

【句型】 辭書形＋こと（の）が好き・嫌い / 上手・下手です
（喜歡・討厭 / 很會・不太會 V）

TIPS! 「こと」可以用「の」取代，口語用「の」的情況比較多。

【例文】

① 我喜歡看電影 （見ます ➡ 見る）
➡ 私は映画を見るのが好きです。

② 我不喜歡走路 （歩きます ➡ 歩く）
➡ 私は歩くのが嫌いです。

③ 她很會唱歌 （歌います ➡ 歌う）
➡ 彼女は歌を歌うのが上手です。

④ 我不太會講日語 （話します ➡ 話す）
➡ 私は日本語を話すのが下手です。

⑤ 我喜歡拍照 （撮ります ➡ 撮る）
➡ 私は写真を撮るのが好きです。

TIPS! 這個句型中，如果喜歡的東西是名詞的話，直接加上就可以，例如「私は写真が好きです。」（我喜歡照片）。

✲練✲習✲問✲題✲

❶ 彼(かれ)は車(くるま)を運転(うんてん)＿＿＿＿＿のが下手(へた)です。

他不太會開車。

(1) する　(2) します　(3) しる　(4) した

❷ いろいろな国(くに)で写真(しゃしん)を＿＿＿＿＿のが好きです。

我喜歡在各個國家拍照。

(1) とり　(2) とる　(3) とりる　(4) とって

答案　第一題(1)；第二題(2)

LESSON

09

可能動詞的變化與用法

在這一堂課，我們要學「動詞可能形」（可能動詞）的變化方法和重要例句。這個用法是用來表達「會做某一些動作」，跟之前 8-3 學到的句型「辭書形＋こと＋ができます」（較常出現在正式的書寫體）是一樣的意思，但口語常用的是句子比較短的「可能動詞」，所以兩種說法都要學起來唷。本堂課的重點章節如下：

9-1

可能動詞的變化方式

本節我們將學會如何把動詞變化成「可能動詞」，動詞的意思就會從「吃」➡「可以吃、能吃」、「唱歌」➡「可以唱、能唱」、「說」➡「可以說、能說」，可以表達更豐富的意思。

可能動詞的變化規則說明

1 第一類動詞 ます前面い（i）的母音➡え（e）的母音＋ます

2 第二類動詞 ます➡られます

3 第三類動詞 します➡できます（特殊用法，用背的）
来(き)ます➡来(こ)られます（注意發音改變）

第一類動詞		第二類動詞		第三類動詞	
iます形	e可能動詞	ます形	可能動詞	ます形	可能動詞
書(か)きます（寫）	書(か)けます	食(た)べます（吃）	食(た)べられます	します	できます
飲(の)みます（喝）	飲(の)めます	開(あ)けます（開）	開(あ)けられます	来(き)ます	来(こ)られます
取(と)ります（取）	取(と)れます	教(おし)えます（教）	教(おし)えられます		
持(も)ちます（拿）	持(も)てます	忘(わす)れます（忘）	忘(わす)れられます		
呼(よ)びます（叫）	呼(よ)べます	借(か)ります（借）	借(か)りられます		
押(お)します（按）	押(お)せます				
買(か)います（買）	買(か)えます				

藍色底線為特殊第二類動詞（ます前面的母音是 i）

練習問題

請把動詞「ます形」改成「可能形」：

❶ 話(はな)します➡（第一類）➡ ______________

答案　話(はな)せます

---

❷ 泳(およ)ぎます➡（第一類）➡ ______________

答案　泳(およ)げます

---

❸ 覚(おぼ)えます➡（第二類）➡ ______________

答案　覚(おぼ)えられます

---

❹ テニスをします➡（第三類）➡ ______________

答案　テニスができます

---

❺ 使(つか)います➡（第一類）➡ ______________

答案　使(つか)えます

---

❻ 弾(ひ)きます➡（第一類）➡ ______________

答案　弾(ひ)けます

---

❼ 歌(うた)います➡（第一類）➡ ______________

答案　歌(うた)えます

9-2

可能動詞的用法

當動詞變成可能形之後，搭配的助詞會變成「が」，用來表達「我會說日文」、「可以去聚餐」這些句子。另外，8-3 學過的「辭書形＋ことができます」也是「會做某件事」，例如「私はお酒を飲むことができます」（我會喝酒），也可寫作「私はお酒が飲めます」。因為可能動詞的句型比較短，所以在口語中比較常用到。

【句型】が＋可能動詞（能Ｖ / 會Ｖ / 可以Ｖ）

用法	
意思	能Ｖ / 會Ｖ / 可以Ｖ
接續	～が＋可能動詞
例文①	我會講日語
	話します ➡ 話せます
	（私は）日本語が話せます。
例文②	我會彈鋼琴
	弾きます ➡ 弾けます
	（私は）ピアノが弾けます。

【例文】

①這間餐廳可以用信用卡（使います ➡ 使えます）

➡ このレストランはクレジットカードが使えます。

②你會游泳嗎？（泳ぎます ➡ 泳げます）

➡（あなたは）泳げますか？

✲練✲習✲問✲題✲

❶（あなたは）テニスが＿＿＿＿＿か？

你會打網球嗎？

(1)する　(2)します　(3)しる　(4)できます

---

❷ 明日（あした）の食事会（しょくじかい）に＿＿＿＿＿か？

明天的聚餐能來嗎？

(1)来（く）るられます　(2)来（こ）られます　(3)きれ　(4)来（き）て

答案　第一題(4)；第二題(2)

9-3 見えます・聞こえます的用法

在學習「可能動詞」的時候，有一個學生常常問的問題，那就是根據動詞變化的規則，「見ます」（看見）的可能動詞是「見られます」（可以看見），「聞きます」（聽見）的可能動詞是「聞けます」（可以聽見），那課本上出現的另外兩個單字「見えます」（看得到）和「聞こえます」（聽得到）是怎麼回事？其實這兩組單字，在中文的翻譯雖然差不多，在日文卻分成兩種不同的情境，本節為各位解釋這兩組單字的差別。

一、見えます＆見られます的不同

「見られます」是由「見る」變化而成的可能形動詞，用於必須有特殊情況（加上特殊的條件或努力，與視力無關）。「見えます」則不同於「見る」，是另外一個獨立的動詞，用於只要眼睛張開，眼睛能看到的一切事物（跟視力有關）。

①從家裡可以看得到學校。
➡ 家（いえ）から学校（がっこう）が見（み）えます。◎
➡ 家（いえ）から学校（がっこう）が見（み）られます。×

②這個公園到了春天能看到櫻花。
➡ この公園（こうえん）は春（はる）になると桜（さくら）が見（み）られます。◎
➡ この公園（こうえん）は春（はる）になると桜（さくら）が見（み）えます。×

TIPS! 春天才能看到（特殊條件），要用可能動詞。

二、聞こえます&聞けます的不同

跟前面的「見えます」和「見られます」一樣，「聞こえます」(能聽見，與聽力有關）是一個獨立的動詞，用於能聽到的一切聲音。而「聞けます」是由「聞きます」(聽見）變化而來的可能動詞，用於必須有特殊情況（加上特別的條件或努力，與聽力無關）才能聽到的東西。

①從隔壁家傳來鋼琴的聲音。

➡ 隣(となり)の家(いえ)からピアノの音(おと)が聞(き)こえます。◎

➡ 隣(となり)の家(いえ)からピアノの音(おと)が聞(き)けます。×

②用這個網站的話，可以聽到很多音樂。

➡ このサイトを使(つか)ったら、いろいろな音楽(おんがく)が聞(き)けます。◎

➡ このサイトを使(つか)ったら、いろいろな音楽(おんがく)が聞(き)こえます。×

TIPS! 要用這個網站才能看到（特殊條件），要用可能動詞。

LESSON

10

受身動詞、使役動詞、使役受身形的變化與用法

在這一堂課，我們會學習「受身動詞」、「使役動詞」和「使役受身形」的變化和用法。所謂的受身動詞，就是「被怎麼樣」的用法，例如「被老師讚美」、「被媽媽罵」等「被動式」用法。「使役動詞」指的是「讓學生打掃」、「讓別人出差」之類讓別人做一些行為的用法。第三種則是結合前面兩種的「使役受身形」，通常用來描述「被強迫做某件事」。這三種用法很常用，學完之後保證會覺得自己的文法有了明顯的進步。以下是本章的重點：

10-1

受身動詞的變化方式

本節我們將學習如何把動詞變化成「受身動詞」，動詞的意思就會從「吃➡被吃」、「責罵➡被責罵」、「拿➡被拿」，也就是英文中的「被動式」。

動詞受身形變化規則

1 第一類動詞 ます前面的「い（i）的母音」➡「あ（a）的母音」＋れます

2 第二類動詞 ます➡られます

TIPS! 第二類動詞的「受身形」剛好跟「可能動詞」的變化一樣（請複習 9-1）。

3 第三類動詞 します➡されます
来（き）ます➡来（こ）られます（注意發音）

第一類動詞		第二類動詞		第三類動詞	
i ます形	a 受身形	ます形	受身形	ます形	受身形
書（か）きます	書（か）かれます	食（た）べます	食（た）べられます	します	されます
飲（の）みます	飲（の）まれます	開（あ）けます	開（あ）けられます	来（き）ます	来（こ）られます
取（と）ります	取（と）られます	教（おし）えます	教（おし）えられます		
持（も）ちます	持（も）たれます	忘（わす）れます	忘（わす）れられます		
呼（よ）びます	呼（よ）ばれます	見（み）ます	見（み）られます		
押（お）します	押（お）されます	借（か）ります	借（か）りられます		
買（か）います	買（か）われます				

藍色底線為特殊第二類動詞（ます前面的母音是 i ）

TIPS! 注意，第一類動詞的い要改成わ（不是あ），如上表的「買います」要改成「買われます」。

練習問題

請把「ます形」改成「受身形」：

❶ 歌(うた)います➡第一類➡ ______________

答案 歌(うた)われます

❷ 触(さわ)ります➡第一類➡ ______________

答案 触(さわ)られます

❸ 捨(す)てます➡第二類➡ ______________

答案 捨(す)てられます

❹ 褒(ほ)めます➡第二類➡ ______________

答案 褒(ほ)められます

❺ 洗濯(せんたく)します➡第三類➡ ______________

答案 洗濯(せんたく)されます

❻ 怒(おこ)ります➡第一類➡ ______________

答案 怒(おこ)られます

❼ 頼(たの)みます➡第一類➡ ______________

答案 頼(たの)まれます

10-2 受身動詞的兩種句型 直接影響與間接影響

受身動詞的主要句型有兩種，差別在於動作影響的對象如果是本人要用第一種（直接影響，無目的語）；如果這個動作影響的不是本人，而是其物品或身體的一部分（間接影響，有目的語），則要使用第二種句型。

【句型 1】A（主語）はBに＋受身動詞（A 被 B……）

用法	
意思	A 被 B……
接續	A（主語）は B に＋受身動詞
例文①	我被老師叫了
	呼びます ➡ 呼ばれます
	（私は）先生に呼ばれました。
例文②	我被媽媽讚美了
	褒めます ➡ 褒められます
	（私は）母に褒められました。

【句型 2】A（主語）はBに～を＋受身動詞（A 被 B……）

用法	
意思	A 被 B……
接續	A（主語）は B に～を＋受身動詞
例文①	我被妹妹吃掉了蛋糕
	食べます ➡ 食べられます
	（私は）妹にケーキを食べられました。
例文②	我被貓拿走麵包
	取ります ➡ 取られます
	（私は）猫にパンを取られました。

練習問題

❶ 田中(たなか)さんは泥棒(どろぼう)に財布(さいふ)を＿＿＿＿。（盗(ぬす)みます）
田中先生被小偷偷走錢包。

(1)盗(ぬす)まれました　(2)盗(ぬす)み　(3)盗(ぬす)む　(4)盗(ぬす)られました

❷ 宿題(しゅくだい)を忘(わす)れて先生(せんせい)に＿＿＿＿。（怒(おこ)ります）
忘記作業被老師罵了。

(1)怒(おこ)り　(2)怒(おこ)る　(3)怒(おこ)られました　(4)怒(おこ)りました

❸ 私(わたし)は部長(ぶちょう)＿＿＿＿新(あたら)しい仕事(しごと)を頼(たの)まれました。（頼(たの)みます）
我被部長拜託了新的工作。

(1)に　(2)が　(3)を　(4)は

❹ ２０２０年(にせんにじゅうねん)に東京(とうきょう)でオリンピックが＿＿＿＿。（行(おこな)います）
2020 年奧運將在東京舉辦。

(1)行(おこな)います　(2)行(おこな)う　(3)行(おこな)われます　(4)おこい

❺ 私(わたし)は母(はは)＿＿＿＿大事(だいじ)な漫画(まんが)を捨(す)てられました。
我被媽媽丟掉了重要的漫畫。

(1)に　(2)が　(3)を　(4)は

答案　第一題(1)；第二題(3)；第三題(1)；第四題(3)；第五題(1)

10-3

使役動詞的變化規則

本節我們將學習如何將動詞變化成「使役動詞」，動詞的意思就會從「吃➡讓某人吃」、「打掃➡讓某人打掃 」、「生氣 ➡讓某人生氣」。

使役動詞的變化規則

1 第一類動詞　ます前面的「い（i）的母音」➡「あ（a）的母音」＋せます

2 第二類動詞　ます ➡ させます

3 第三類動詞　します ➡ させます
来（き）ます ➡ 来（こ）させます（注意發音改變）

第一類動詞		第二類動詞		第三類動詞	
i ます形	a 使役動詞	ます形	使役動詞	ます形	使役動詞
書（か）きます	書（か）かせます	食（た）べます	食（た）べさせます	します	させます
飲（の）みます	飲（の）ませます	開（あ）けます	開（あ）けさせます	来（き）ます	来（こ）させます
取（と）ります	取（と）らせます	教（おし）えます	教（おし）えさせます		
持（も）ちます	持（も）たせます	忘（わす）れます	忘（わす）れさせます		
呼（よ）びます	呼（よ）ばせます	見（み）ます	見（み）させます		
押（お）します	押（お）させます	借（か）ります	借（か）りさせます		
買（か）います	買（か）わせます				

藍色底線為特殊第二類動詞（ます前面的母音是 i）

TIPS! 注意，第一類動詞的い要改成わ（不是あ）。

練習問題

請把「ます形」改成「使役形」：

❶ 帰(かえ)ります➡第一類➡ ______________

答案 帰(かえ)らせます

❷ 読(よ)みます➡第一類➡ ______________

答案 読(よ)ませます

❸ 考(かんが)えます➡第二類➡ ______________

答案 考(かんが)えさせます

❹ 立(た)ちます➡第一類➡ ______________

答案 立(た)たせます

❺ 心配(しんぱい)します➡第三類➡ ______________

答案 心配(しんぱい)させます

❻ 手伝(てつだ)います➡第一類➡ ______________

答案 手伝(てつだ)わせます

❼ 留学(りゅうがく)します➡（第三類）➡ ______________

答案 留学(りゅうがく)させます

10-4

使役動詞的兩種用法

使役動詞的主要句型有兩種，都是表達「A 讓 B 做」，第一種句型的動詞有加上「目的語」，例如讓某人學「日語」、讓某人吃「蔬菜」(他動詞)。第二種句型的動詞則沒有目的語(自動詞)，例如出差、留學、睡覺等。這兩種句型的「對象」後面接的助詞不同，需要特別注意。

【句型 1】 A(主語)は B(對象)に＋名詞を＋使役動詞(A 讓 B 做……)

用法	
意思	A 讓 B 做……
接續	A(主語)は B(對象)に＋名詞を＋使役動詞
例文①	我讓女兒學日語
	勉強します ➡ 勉強させます
	(私は)娘に日本語を勉強させます。
例文②	我讓小孩子吃蔬菜
	食べます ➡ 食べさせます
	(私は)子供に野菜を食べさせます。

【句型 2】 A(主語)は B(對象)を＋使役動詞(A 讓 B 做……)

用法	
意思	A 讓 B 做……
接續	A(主語)は B(對象)を＋使役動詞
例文①	我讓田中先生出差
	出張します ➡ 出張させます
	(私は)田中さんを出張させます。
例文②	我讓兒子去留學
	留学します ➡ 留学させます
	(私は)息子を留学させます。

練習問題

❶ 私は友達＿＿＿＿宿題を手伝わせました。
我讓朋友幫忙寫功課。

(1)が　(2)と　(3)に　(4)を

---

❷ 母は子供に薬を＿＿＿＿＿＿＿＿。
媽媽讓小孩吃藥。

(1)飲みます　(2)飲ませました　(3)飲みました　(4)飲むました

---

❸ 先生は生徒に本を＿＿＿＿＿＿＿＿。
老師讓學生讀書（念出來）。

(1)読ませました　(2)読まらました　(3)読みました　(4)読むました

---

❹ お母さんは子供＿＿＿＿寝かせました。（哄睡、使睡覺：寝かせます）
媽媽讓孩子去睡覺。

(1)が　(2)と　(3)に　(4)を

---

❺ 父は娘＿＿＿＿自分で料理を作らせました。
爸爸讓女兒自己做料理。

(1)が　(2)と　(3)に　(4)を

答案　第一題(3)；第二題(2)；第三題(1)；第四題(4)；第五題(3)

10-5

使役受身形的變化規則

使役受身形的變化，結合了前面教過的受身形和使役形，用來表達「主語」被強迫而不情願地做某些事」的意思，通常會翻譯為「被逼著做～」。因為句型比較長有點難念，所以又分成短版和長版（僅限於第一類動詞）。在對話的時候，短版較常出現一點。

ます形動詞改為使役受身形的方法

1 第一類動詞的使役受身形變化規則

①ます前面的「い（i）的母音」➡あ（a）的母音＋せられます（長版）

②ます前面的「い（i）的母音」➡あ（a）的母音＋されます（短版）

TIPS! ます前面是「し」的第一類動詞 只能用①的用法（因為會出現兩個さ連在一起不好念）。例：話(はな)します➡話(はな)されます（×）；話(はな)させられます（○）。

第一類動詞		
i ます形	a 使役受身形（長版）	a 使役受身形（短版）
書(か)きます	書(か)かせられます	書(か)かされます
飲(の)みます	飲(の)ませられます	飲(の)まされます
取(と)ります	取(と)らせられます	取(と)らされます
持(も)ちます	持(も)たせられます	持(も)たされます
呼(よ)びます	呼(よ)ばせられます	呼(よ)ばされます
押(お)します	押(お)させられます（○）	~~押(お)さされます~~（×）
買(か)います	買(か)わせられます	買(か)わされます

2 第二類動詞的使役受身形變化規則

ます ➡ させられます

3 第三類動詞的使役受身形變化規則

します ➡ させられます
来（き）ます ➡ 来（こ）させられます

第二類動詞		第三類動詞	
ます形	使役受身	ます形	使役受身
食（た）べます	食（た）べさせられます	します	させられます
開（あ）けます	開（あ）けさせられます	来（き）ます	来（こ）させられます
教（おし）えます	教（おし）えさせられます		
忘（わす）れます	忘（わす）れさせられます		
見（み）ます	見（み）させられます		
借（か）ります	借（か）りさせられます		

藍色底線為特殊第二類動詞（ます前為 i 的母音）

TIPS! 使役受身形的句型比較難念，這段多跟著老師的影片將例句念出來，可以有效幫助記憶。

練習問題

請把「ます形」改成「使役受身形」：

❶ 急（いそ）ぎます➡第一類➡ ______________

答案　急（いそ）がせられます・急（いそ）がされます

---

❷ 手伝（てつだ）います➡第一類➡ ______________

答案　手伝（てつだ）わせられます・手伝（てつだ）わされます

---

❸ 捨（す）てます➡第二類➡ ______________

答案　捨（す）てさせられます

---

❹ 練習（れんしゅう）します➡第三類➡ ______________

答案　練習（れんしゅう）させられます

---

❺ 手伝（てつだ）いに来（き）ます➡第三類➡ ______________

答案　手伝（てつだ）いに来（こ）させられます

10-6 使役受身形的兩種用法

使役受身動詞的主要句型有兩種，都是表達「A 被 B 逼著做」（帶有抱怨、不情願的感覺），第一個句型和第二個的差別是，第一個句型是帶有目的語的他動詞（例如讓某人學「鋼琴」、讓某人吃「蔬菜」）。如果這個動作是自動詞，例如出差或跑步（沒有目的語），就要用第二個句型。

【句型 1】A（主語）は B に名詞を使役受身動詞（A 被 B 逼著做……）

使役受身形的用法	
意思	A 被 B 逼著做……
接續	A 主語は B に＋名詞を＋使役受身動詞
例文①	我被爸爸逼著學鋼琴
	習います ➡ 習わせられます・習わされます
	私は父にピアノを習わせられました。

【例文】

① 我被媽媽逼學日語了 （勉強します ➡ 勉強させられます）
➡ （私は）母に日本語を勉強させられました。

② 我被爸爸逼著吃蔬菜了 （食べます ➡ 食べさせられます）
➡ （私は）父に野菜を食べさせられました。

【句型 2】A（主語）は B に使役受身動詞（A 被 B 逼著做……）

使役受身形的用法	
意思	A 被 B 逼著做……（適用於沒有目的語的自動詞）
接續	主語 A は B に＋使役受身動詞
例文①	我被部長逼著出差了
	出張します ➡ 出張させられます
	私は部長に出張させられました。
例文②	我被老師逼著跑步。
	走ります ➡ 走らせられます・走らされます
	私は先生に走らせられました。

✻練✻習✻問✻題✻

❶ 私(わたし)は先生(せんせい)＿＿＿＿宿題(しゅくだい)を書(か)かされました。
我被老師逼著寫功課。

(1)が　(2)と　(3)に　(4)を

---

❷ 会社(かいしゃ)の上司(じょうし)にお酒(さけ)を＿＿＿＿ました。
（我）被公司的上司逼著喝酒。

(1)飲(の)み　(2)飲(の)まされ　(3)飲(の)めされ　(4)飲(の)もされ

---

❸ 母(はは)にゴミを＿＿＿＿ました。
（我）被媽媽逼著倒垃圾。

(1)捨(す)て　(2)捨(す)てれ　(3)捨(す)てさせられ　(4)捨(す)てせられ

---

❹ 子供(こども)のころ、母(はは)＿＿＿＿塾(じゅく)へ行(い)かされました。
（我）小時候被媽媽逼著去補習班。

(1)が　(2)と　(3)に　(4)を

---

❺ 歌(うた)が嫌(きら)いなのに、むりやり＿＿＿＿ました。
我不喜歡唱歌，但被逼著唱歌。

(1)歌(うた)わされ　(2)歌(うた)い　(3)歌(うた)って　(4)歌(うた)われ

答案　第一題(3)；第二題(2)；第三題(3)；第四題(3)；第五題(1)

LESSON

11

普通形的變化與用法

這一課我們要學的是「普通形」，目前為止，我們學到的都是比較禮貌的「丁寧形」，像ます、ませんでした、です等等，但日常生活中和朋友聊天，普通形才是比較常見的用法，只要學會普通形，日常對話的能力就會大大增進。本課的影片重點如下：

11-1 普通形的變化

11-2 普通形＋んです　是因為……（強調原因、理由）

11-3 普通形＋んですが…。＋請求　先說明情況，再加上請求

11-4 普通形＋と思います　我覺得～

11-5 普通形＋でしょ？　～吧？

11-6 普通形＋かどうか　是否～／有沒有～／會不會

11-1 普通形的變化

首先，我們要搞清楚什麼是普通形，在本章之前，學到的句子句尾都有ます、です，這些稱之為「丁寧形」，也就是「禮貌形」，使用的對象是初次見面或不熟的人，而普通形則是對親近的朋友親人常用到的語法。另外在比較長的句子裡面，也常會省略ます、です，改用普通形來連接，然後在最後加上ます和です。所以，如何把丁寧形轉換成普通形是非常重要的。這一節我們會學到如何將名詞、動詞和形容詞的丁寧形變成普通形（又叫「常體」），分別是：1. 第一類動詞、2. 第二類動詞、3. 第三類動詞、4. い形容詞、5. な形容詞、6. 名詞。

1 「丁寧形➡普通形」 第一類動詞

時態	丁寧形	普通形
現在	書(か)きます	書(か)く　（同辭書形）
否定	書(か)きません	書(か)かない　（同ない形）
過去	書(か)きました	書(か)いた　（同た形）
過去否定	書(か)きませんでした	書(か)かなかった

第一類動詞的例外：「ある」普通形變化

時態	丁寧形	普通形
現在	あります	ある
否定	ありません	ない
過去	ありました	あった
過去否定	ありませんでした	なかった

TIPS! 「ある」否定和過去否定要特別注意！

2 丁寧形 ➡ 普通形 第二類動詞

時態	丁寧形	普通形
現在	食(た)べます	食(た)べる　（同辭書形）
否定	食(た)べません	食(た)べない　（同ない形）
過去	食(た)べました	食(た)べた　（同た形）
過去否定	食(た)べませんでした	食(た)べなかった

3 丁寧形 ➡ 普通形 第三類動詞（します＆来ます）

時態	丁寧形	普通形
現在	します	する　（同辭書形）
否定	しません	しない　（同ない形）
過去	しました	した　（同た形）
過去否定	しませんでした	しなかった
時態		
現在	来(き)ます	来(く)る　（同辭書形）
否定	来(き)ません	来(こ)ない　（同ない形）
過去	来(き)ました	来(き)た　（同た形）
過去否定	来(き)ませんでした	来(こ)なかった

TIPS!「来(き)ます」在各動詞形式的發音不太一樣，要背起來。

4 丁寧形➡普通形　い形容詞

時態	丁寧形	普通形
現在	おいしいです	おいしい
否定	おいしくないです	おいしくない
過去	おいしかったです	おいしかった
過去否定	おいしくなかったです	おいしくなかった

TIPS! い形容詞的轉換很簡單，把丁寧形的です去掉就變成普通形了。

5 丁寧形➡普通形　な形容詞

時態	丁寧形	普通形
現在	賑(にぎ)やかです	賑(にぎ)やかだ
否定	賑(にぎ)やかじゃありません	賑(にぎ)やかじゃない
過去	賑(にぎ)やかでした	賑(にぎ)やかだった
過去否定	賑(にぎ)やかじゃありませんでした	賑(にぎ)やかじゃなかった

6 丁寧形➡普通形　名詞

時態	丁寧形	普通形
現在	雨(あめ)です	雨(あめ)だ
否定	雨(あめ)じゃありません	雨(あめ)じゃない
過去	雨(あめ)でした	雨(あめ)だった
過去否定	雨(あめ)じゃありませんでした	雨(あめ)じゃなかった

TIPS! な形容詞和名詞的變化是一樣的。

✲練✲習✲問✲題✲

請把「丁寧形」改成「普通形」：

❶ 買(か)いません ➡（第一類動詞＋現在式＋否定）➡ ＿＿＿＿＿＿＿＿

答案 買(か)わない

❷ 暇(ひま)です➡（な形容詞＋現在式）➡ ＿＿＿＿＿＿＿＿

答案 暇(ひま)だ

❸ 元気(げんき)じゃありませんでした➡(な形容詞＋過去式＋否定)➡ ＿＿＿＿＿＿＿＿

答案 元気(げんき)じゃなかった

❹ 寒(さむ)くなかったです➡（い形容詞＋過去式＋否定）➡ ＿＿＿＿＿＿＿＿

答案 寒(さむ)くなかった

❺ 寝(ね)ませんでした➡（第二類動詞＋過去式＋否定）➡ ＿＿＿＿＿＿＿＿

答案 寝(ね)なかった

11-2

普通形+んです　是因為……（強調原因、理由）

學會了普通形的規則，就可以使用這個「強調理由」的句型，這個在生活中很常用喔，一定要學起來。另外，當這個句型後面接續的是「な形容詞」和「名詞」的時候，要特別注意一下用法。

【句型】 普通形＋んです（是因為……）

用法	
意思	是因為……（強調原因、理由）
接續	普通形＋んです **注意：な形容詞・名詞要把だ換成な（～だ ➡ ～な）**
例文 ①	為什麼不吃蔬菜呢？（問理由）
	食べません ➡ 食べない（普通形）
	どうして野菜を食べないんですか？
例文 ②	是因為……我不喜歡蔬菜（說明理由）
	嫌い（な形容詞）➡ 嫌いだ（普通形）➡ 嫌いな
	野菜が嫌いなんです。

【例文】

A：「為甚麼遲到呢？」（遅れました ➡ 遅れた）

➡「どうして遅れたんですか？」

B：「是因為公車沒有來」（来ませんでした ➡ 来なかった）

➡「バスが来なかったんです。」

TIPS! 這個句型要將「ん」和前面的音連起來念，請特別注意影片中老師的發音。

練習問題

❶ A：「どうしたんですか？」

你怎麼了？

B：「ちょっと頭（あたま）が＿＿＿＿＿んです。」

頭有一點痛。

(1) いたいな　(2) いたいだ　(3) いたい　(4) いた

---

❷ A：「どこか行（い）くんですか？」

你有要去哪裡嗎？

B：「今（いま）から日本（にほん）へ旅行（りょこう）に＿＿＿＿＿んです。」

現在要去日本旅行。

(1) 行（い）き　(2) 行（い）った　(3) 行（い）かない　(4) 行（い）く

答案　第一題(3)；第二題(4)

11-3
普通形＋んですが…。＋請求 先說明情況，再加上請求

這一節要教的這個句型，在旅遊或是日常生活中都非常好用，用法是「先說明自己的狀況，再跟對方提出需求」，例如「（因為）沒聽清楚，可以再說一次嗎？」、「（因為）有點冷，可以幫我關冷氣嗎？」這樣的問句。

【句型】 普通形＋んですが…。＋請求（先說明情況，再加上請求）

用法	
意思	先說明情況＋再加上請求（邀請、同意）
接續	普通形＋んですが…。 **注意：な形容詞・名詞要把だ換成な（～だ ➡ ～な）**
例文 ①	我下個月要去日本。能不能告訴我好的飯店？
	行きます➡行く
	来月日本へ行くんですが…。いいホテルを紹介してもらえませんか？
例文 ②	我不知道怎麼買車票，可以告訴我嗎？
	分かりません➡分からない
	切符の買い方が分からないんですが…。教えてもらえませんか？

【例文】

①有點冷。可以幫我關冷氣嗎？（寒いです ➡ 寒い）
➡ 少し寒いんですが…。クーラーを消してもらえませんか？

②沒聽到。可以再講一次嗎？（聞こえませんでした ➡ 聞こえなかった）
➡ 聞こえなかったんですが、もう一度言ってもらえませんか？

✻練✻習✻問✻題✻

❶「お金を入れても切符が＿＿＿＿んですが…。どうしたらいいですか？」
錢投進去了，車票卻沒有出來。該怎麼辦呢？

(1)出ない　(2)出ません　(3)出　(4)出る

---

❷「東京駅へ＿＿＿＿んですが…。どうやって行ったらいいですか？」
我想去東京車站。該怎麼去呢？

(1)行き　(2)行った　(3)行かない　(4)行きたい

答案　第一題(1)；第二題(4)

11-4 普通形＋と思(おも)います　我覺得～

這一節的普通形句型加上「と思います」，是用來表達「自己當下的想法或推測」，例如「我覺得大阪很熱鬧」、「我覺得他明天不會來」等。需要特別注意的是「名詞 / な形容動詞」的接法是「だと＋思います」。

【句型】 普通形＋と思(おも)います（我覺得～）

用法	
意思	我覺得～
接續	普通形＋と思(おも)います
例文 ①	我覺得明天會下雨
	降(ふ)ります ➡ 降(ふ)る
	（私(わたし)は）明日(あした)雨(あめ)が降(ふ)ると思(おも)います。
例文 ②	我覺得他不會來
	来(き)ません ➡ 来(こ)ない
	（私(わたし)は）彼(かれ)は来(こ)ないと思(おも)います。

【例文】

① 我覺得大阪很熱鬧 （賑(にぎ)やかです ➡ 賑(にぎ)やかだ）
➡ 大阪(おおさか)は賑(にぎ)やかだと思(おも)います。

② 我覺得小孩子已經睡覺了 （寝(ね)ました ➡ 寝(ね)た）
➡ 子供(こども)はもう寝(ね)たと思(おも)います。

③ 我覺得那個餐廳不好吃 （おいしくありません ➡ おいしくない）
➡ あのレストランはおいしくないと思(おも)います。

✿練✿習✿問✿題✿

❶日本(にほん)は交通(こうつう)が＿＿＿＿と思(おも)います。

我覺得日本的交通很便利。

(1)便利(べんり)　(2)便利(べんり)だ　(3)便利(べんり)な　(4)便利(べんり)です

❷このレストランはとても＿＿＿＿と思(おも)います。

我覺得這間餐廳非常美味。

(1)おいしい　(2)おいししいだ　(3)おいしいな　(4)おい

答案　第一題(2)；第二題(1)

11-5

普通形＋でしょ？ ～吧？

這個句型可用來表達自己的推測，語氣會比「～ですか」客氣一點。例如「工作很辛苦吧？」、「日本的櫻花很漂亮吧？」句尾的でしょ音調要稍微往上揚表達疑問（參考老師在影片中的發音）。

【句型】 普通形＋でしょ？（～吧？）

用法	
意思	～吧？
接續	普通形＋でしょ？ **注意：な形容詞和名詞普通形的「だ」要去掉**
例文 ①	明天會來吧？
	来(き)ます➡ 来(く)る
	明日(あした)来(く)るでしょ？
例文 ②	大阪人很親切吧？
	親切(しんせつ)だ➡ 親切(しんせつ)
	大阪人(おおさかじん)は親切(しんせつ)でしょ？

【例文】

①台灣的水果很好吃吧？ （おいしいです ➡ おいしい）
➡ 台湾(たいわん)の果物(くだもの)はおいしいでしょ？

②工作很辛苦吧？ （大変(たいへん)です ➡ 大変(たいへん)）
➡ 仕事(しごと)は大変(たいへん)でしょ？

TIPS! 這個句型中，な形容詞和名詞普通形的だ要記得去掉。

③不貴吧？ （高(たか)くありません ➡ 高(たか)くない）
➡ 高(たか)くないでしょ？

✲練✲習✲問✲題✲

❶ ＿＿＿＿でしょ？少し休みましょう。

累了吧？稍微休息一下吧。

(1)疲れた　(2)疲れます　(3)疲れて　(4)疲れ

❷ 日本の桜は＿＿＿＿でしょ？

日本的櫻花很漂亮吧？

(1)きれいな　(2)きれいだ　(3)きれ　(4)きれい

答案　第一題(1)；第二題(4)

11-6

普通形＋かどうか～ 是否～ / 有沒有～ / 會不會

這個句型是用來表達不確定或不知道前面的描述是否肯定，後面常會接「分かりません」（不知道）。例如「不知道明天會不會下雨」、「不知道他明天會不會來」等。

【句型】 普通形＋かどうか～（是否～ / 有沒有～ / 會不會）

用法	
意思	是否～ / 有沒有～ / 會不會
接續	普通形＋かどうか **注意：な形容詞・名詞普通形的「だ」要去掉**
例文 ①	不知道他明天會不會來
	来ます ➡ 来る
	明日、彼は来るかどうか分かりません。
例文 ②	不知道那一家餐廳好不好吃
	おいしいです ➡ おいしい
	あのレストランはおいしいかどうか分かりません。

【例文】

①我不知道明天會不會下雨 （降ります ➡ 降る）

➡ 明日雨が降るかどうか分かりません。

②因為沒見過她，所以不知道漂不漂亮 （きれいです ➡ きれい）

➡ 彼女に会ったことがないので、きれいかどうか分かりません。

③因為還沒有聯絡，所以不知道到達了沒有 （着きました ➡ 着いた）

➡ まだ連絡がないので、着いたかどうか分かりません。

練習問題

❶ 彼と何年も会っていないので、＿＿＿＿かどうか分かりません。
跟他好幾年沒見面，所以不知道他過得好不好。

(1)元気な　(2)元気だ　(3)元気　(4)元気で

❷ ちょっと風邪をひいているので、明日＿＿＿＿かどうか分かりません。
因為有一點感冒，明天不知道能不能去。

(1)行きます　(2)行った　(3)行きる　(4)行ける

答案　第一題(3)；第二題(4)

PART

Ⅲ

進階句型

LESSON

12

變化的用法

這一堂課的主題是「變化」，可以學會「變熱 / 冷」、「變成夏天」、「會走路了」、「學會日文了」等的用法。其中，い形容詞、な形容詞和動詞的變化方法各不相同，這堂課會一起教給各位。本章重點：

12-1 い形容詞＋くなります 變成～

12-2 な形容詞・名詞＋になります 變成～

12-3 動詞辭書形＋ようになります 變得～

12-4 動詞ない形＋くなります 變得不～

12-5 い形容詞＋くします 把～變成（弄成）

12-6 な形容詞・名詞＋にします 把～變成（弄成）

12-7 動詞て形＋きました 開始～起來了

12-1

い形容詞＋くなります 變成～

這個句型是用「い形容詞」來表達「變成～」。例如「天氣變冷」、「最近變忙」、「價格變便宜」等用法，是非常實用的句型。「な形容詞」的變化用法和「い形容詞」不同，下一節 12-2 會學到。

【句型】 い形容詞＋くなります（變成～）

用法	
意思	變成～
接續	い形容詞（~~い~~）＋くなります
例文 ①	最近變冷了
	寒い ➡ 寒くなります
	最近寒くなりました。
例文 ②	這件衣服變便宜了
	安い ➡ 安くなります
	この服は安くなりました。

【例文】

① 最近變得很忙了 （忙しい）
➡ 最近忙しくなりました。

② 我的兒子長高了 （背が高い）
➡ 私の息子は背が高くなりました。

③ 因為昨天下雪，屋頂變白色了 （白い）
➡ 昨日雪が降ったので、屋根が白くなりました。

✻練✻習✻問✻題✻

❶ この靴(くつ)は＿＿＿＿＿なったので捨(す)てます。

因為這雙鞋子變舊，所以要丟掉。

(1)古(ふる)い　(2)古(ふる)　(3)古(ふる)いに　(4)古(ふる)く

---

❷ A：「娘(むすめ)さん＿＿＿＿＿なりましたね。今何歳(いまなんさい)ですか？」

女兒長高了。現在幾歲了？

B：「今年(ことし)で五歳(ごさい)です。」

今年五歲了。

(1)大(おお)きい　(2)大(おお)きく　(3)大(おお)きいに　(4)大(おお)き

TIPS! 日文中通常用「大(おお)きくなりました」來表達長高了。

答案　第一題(4)；第二題(2)

12-2

な形容詞・名詞＋になります　變成～

上一節學到用「い形容詞」來表達「變成～」。這一節則要學習「な形容詞」的變化用法，另外名詞和「な形容詞」的句型是一樣的。

【句型】　な形容詞・名詞＋になります（變成～）

用法	
意思	變成～
接續	な形容詞（な）・名詞＋になります
例文 ①	她變漂亮了
	きれい（な）➡きれいになります
	彼女はきれいになりました。
例文 ②	變夏天了
	夏➡夏になります
	夏になりました。

【例文】

①因為大家回家了，所以變安靜了（静かな）
➡みんな帰ったので、静かになりました。

②已經晚上了，差不多回家吧（夜）
➡（もう）夜になりました。そろそろ帰りましょう。

③我將來想當棒球選手（野球の選手）
➡将来、野球の選手になりたいです。

TIPS! 棒球選手也可以用「野球選手」表示即可。

練習問題

❶ 近（ちか）くにコンビニができたので、＿＿＿＿なりました。

附近有了便利商店，變方便了。

(1)便利（べんり）　(2)便利（べんり）だ　(3)便利（べんり）く　(4)便利（べんり）に

❷ この公園（こうえん）は春（はる）＿＿＿＿と、桜（さくら）が咲（さ）きます。

這個公園到了春天的時候，櫻花就會開花。

(1)になる　(2)くなる　(3)になり　(4)だなる

答案　第一題(4)；第二題(1)

12-3

動詞辭書形＋ようになります 變得可以V

學完了形容詞和名詞的變化用法。這一節要學習動詞的「變化」用法，使用的動詞型態是「辭書形」，又因為是變得「可以做某個動作」，所以經常搭配「可能形動詞」（請複習第九章）和過去式，例如「變得會喝酒了」、「變得會用電腦了」等。

【句型】 動詞辭書形＋ようになります（變得可以V）

用法	
意思	變得可以V
接續	動詞辭書形＋ようになります
例文①	我變得能吃蔬菜了（以前不能吃蔬菜）
	食(た)べます ➡ 食(た)べられる（可能形）➡ 食(た)べられるようになります
	野菜(やさい)が食(た)べられるようになりました。
例文②	我變得會講日語了（以前不會講日語）
	話(はな)します ➡ 話(はな)せる（可能形）➡ 話(はな)せるようになります
	日本語(にほんご)が話(はな)せるようになりました。

【例文】

①嬰兒變得會走路了 （歩(ある)きます ➡ 歩(ある)ける）
➡ 赤(あか)ちゃんが歩(ある)けるようになりました。

②我變得會喝酒了 （飲(の)みます ➡ 飲(の)める）
➡ お酒(さけ)が飲(の)めるようになりました。

③終於變得會開車了 （運転(うんてん)します ➡ 運転(うんてん)できる）
➡ やっと運転(うんてん)できるようになりました。

TIPS! 注意，這個句型通常是搭配「可能形動詞」和「過去式」。

✲練✲習✲問✲題✲

❶ 日本語(にほんご)で手紙(てがみ)が＿＿＿＿なりました。

變得能用日文寫信了。

(1)書(か)く　(2)書(か)いた　(3)書(か)くに　(4)書(か)けるように

❷ 私(わたし)の母(はは)は最近(さいきん)、パソコンが＿＿＿＿なりました。

我媽媽最近變得會用電腦了。

(1)使(つか)う　(2)使(つか)えるように　(3)使(つか)く　(4)使(つか)うに

答案　第一題(4)；第二題(2)

12-4

動詞ない形＋くなります　變得不V

這一節我們繼續學習動詞的「變化」用法，只是加上否定型，例如「變得不吃肉了」、「變得不喝酒了」等。這個句型使用的是「動詞ない形」（複習7-1），變化的方法則是跟「い形容詞」一樣，去掉「い」，再加上「くなります」。另外，這個句型通常搭配的都是過去式。

【句型】 動詞ない形＋くなります（變得不V）

用法	
意思	變得不V
接續	動詞ない形（~~い~~）＋くなります
例文 ①	最近變得不吃肉了（以前會吃肉）
	食べない ➡ 食べなくなります
	最近肉を食べなくなりました。
例文 ②	最近變得不運動了（以前會運動）
	しない ➡ しなくなります
	最近運動をしなくなりました。

【例文】

①生病之後變得不喝酒了 （飲まない）
➡ 病気になってから、お酒を飲まなくなりました。

②最近很少買衣服了 （あまり買わない）
➡ 最近、あまり服を買わなくなりました。

③最近很少去ＫＴＶ了 （あまり行かない）
➡ 最近、あまりカラオケへ行かなくなりました。

TIPS! 注意，這個句型通常會搭配過去式。

練習問題

❶ 台湾(たいわん)へ帰(かえ)ってから、日本語(にほんご)をあまり＿＿＿＿なりました。

回台灣之後，變得不講日文了。

(1)話(はな)すに　(2)話(はな)し　(3)話(はな)さない　(4)話(はな)さなく

❷ 風邪(かぜ)をひいたので、旅行(りょこう)へ＿＿＿＿なりました。

因為感冒，所以變成不能去旅行了。

(1)行(い)けない　(2)行(い)かない　(3)行(い)けなく　(4)行(い)かないで

答案　第一題(4)；第二題(3)

12-5

い形容詞＋くします　把～變成（弄成）

學完了「變得～」，這一節我們開始學習「把～變成」，例如「把聲音變大」、「把食物弄辣一點」。跟前面一樣，這個句型的用法也是分為「い形容詞」、「な形容詞・名詞」和「動詞」三種。本節先教的是「い形容詞」。

【句型】い形容詞＋くします（把～變成）

用法	
意思	把～變成（弄成）
接續	い形容詞（~~い~~）＋くします
例文①	請你把聲音變大
	大（おお）きい ➡ 大（おお）きくします
	音（おと）を大（おお）きくしてください。
例文②	請你弄（算）便宜一點
	安（やす）い ➡ 安（やす）くします
	安（やす）くしてください。

【例文】

①請你弄辣一點（辛（から）い）
➡辛（から）くしてください。

②房間有點暗，請你弄亮一點（明（あか）るい）
➡部屋（へや）が暗（くら）いので、明（あか）るくしてください。

③還有點長，請你再弄短一點（短（みじか）い）
➡まだ長（なが）いので、もう少（すこ）し短（みじか）くしてください。

✼練✼習✼問✼題✼

❶ 椅子(いす)が少(すこ)し低(ひく)いので、もう少(すこ)し＿＿＿＿してください。

因為椅子有點低，請弄高一點。

(1)高(たか)いに　(2)高(たか)い　(3)高(たか)く　(4)高(たか)いで

❷ もう少(すこ)し砂糖(さとう)を入(い)れて、＿＿＿＿してください。

請再放一點砂糖，弄甜一點。

(1)甘(あま)い　(2)甘(あま)く　(3)甘(あま)くに　(4)甘(あま)くで

答案　第一題(3)；第二題(2)

12-6 な形容詞・名詞＋にします 把～變成（弄成）

接續上一個句型「把～變成」，這次換成「な形容詞・名詞」，可以用來表達「成為棒球選手」、「把房間變乾淨」、「讓女友變幸福」等句子。

【句型】 な形容詞・名詞＋にします（把～變成）

用法	
意思	把～變成（弄成）
接續	な形容詞（な）・名詞＋にします
例文 ①	請你把房間弄乾淨
	きれい（な）➡きれいにします
	部屋(へや)をきれいにしてください。
例文 ②	我媽媽的夢想是讓我當醫生
	医者(いしゃ)➡医者(いしゃ)にします
	母(はは)の夢(ゆめ)は私(わたし)を医者(いしゃ)にすることです。

【例文】

①請你安靜 （静(しず)かな）
➡静(しず)かにしてください。

②我想讓這個城市變熱鬧 （賑(にぎ)やかな）
➡私(わたし)はこの街(まち)を賑(にぎ)やかにしたいです。

③請你把這個中文翻成日語 （日本語(にほんご)）
➡この中国語(ちゅうごくご)を日本語(にほんご)にしてください。

練習問題

❶ 私(わたし)は子供(こども)を野球(やきゅう)（の）選手(せんしゅ)＿＿＿＿＿＿したいです。

我希望小孩成為棒球選手。

(1)が　(2)に　(3)を　(4)で

❷ 私(わたし)は彼女(かのじょ)を必(かなら)ず＿＿＿＿＿＿します。

我一定要讓女友幸福。

(1)幸(しあわ)せだ　(2)幸(しあわ)せ　(3)幸(しあわ)せに　(4)幸(しあわ)せと

答案　第一題(2)；第二題(3)

12-7

動詞て形＋きました　開始V起來了

本節關於變化的句型，可以用來表達「肚子開始餓了起來」、「開始下起雨來」、「天空開始變亮起來」等句子，帶有「一點一點慢慢變化」的感覺，使用的動詞型態是「動詞て形」。

【句型】動詞て形＋きました（開始V起來了）

用法	
意思	開始V起來了（慢慢變化的意思）
接續	動詞て形＋きました
例文①	肚子開始餓了
	お腹(なか)が空(す)きます➡お腹(なか)が空(す)いて
	お腹(なか)が空(す)いてきました。
例文②	開始下起雨來了
	雨(あめ)が降(ふ)ります➡雨(あめ)が降(ふ)って
	雨(あめ)が降(ふ)ってきました。

【例文】

①最近開始變冷了（寒(さむ)くなります）
➡最近(さいきん)、寒(さむ)くなってきました。

②開始睏了（眠(ねむ)くなります）
➡眠(ねむ)くなってきました。

③天空慢慢變亮了（明(あか)るくなります）
➡空(そら)が明(あか)るくなってきました。

✲練✲習✲問✲題✲

❶ やっと体(からだ)の調子(ちょうし)が＿＿＿＿＿きました。

終於身體的狀況漸漸好轉了。

(1) よくなり　(2) よくなりに　(3) よくなって　(4) よく

---

❷ 食(た)べ過(す)ぎたので、お腹(なか)が＿＿＿＿＿きました。

因為吃太多，肚子慢慢痛了起來。

(1) いたい　(2) いたく　(3) いたいに　(4) いたくなって

答案　第一題(3)；第二題(4)

LESSON

13

「意思」的用法（意向形、意志與打算）

第十三課要學習的是和「意思」（意志、打算）有關的日文語法。例如「我打算明年要去日本」、「變胖了，決定要減肥」，這兩種想法中的「打算和決定」，就是個人「意志」的展現。這一課除了會學將動詞改成意向形，也會有其他表達意志的句型。本章影片的重點如下：

13-1 意向形動詞的變化規則

13-2 意向形＋と思っています 打算V

13-3 辭書形・ない形つもりです 打算V・不打算V

13-4 意向形＋としたら、～ 正要V的時候

13-5 辭書形・ない形ようにしています 盡量V・盡量不V

13-6 辭書形・ない形ことにします 決定V・決定不V

13-7 名詞にします 決定（選擇）N

13-1

意向形動詞的變化規則

在展現「意志、打算」的用法中，最常出現的就是將動詞變換為意向形動詞，所以本節就先來學習如何轉換意向形動詞。

將ます形動詞改為意向形動詞

1 **第一類動詞** ます前面的「い（i）的母音」➡「お（o）的母音」＋う

2 **第二類動詞** ます ➡よう

3 **第三類動詞** します➡しよう 、来(き)ます ➡ 来(こ)よう

第一類動詞		第二類動詞		第三類動詞	
i ます形	o 意向形	ます形	意向形	ます形	意向形
書(か)きます	書(か)こう	食(た)べます	食(た)べよう	します	しよう
飲(の)みます	飲(の)もう	寝(ね)ます	寝(ね)よう	来(き)ます	来(こ)よう
作(つく)ります	作(つく)ろう	教(おし)えます	教(おし)えよう		
待(ま)ちます	待(ま)とう	忘(わす)れます	忘(わす)れよう		
呼(よ)びます	呼(よ)ぼう	見(み)ます	見(み)よう		
出(だ)します	出(だ)そう	起(お)きます	起(お)きよう		
買(か)います	買(か)おう	借(か)ります	借(か)りよう		
		浴(あ)びます	浴(あ)びよう		

藍色底線為特殊第二類動詞（ます前面的母音是 i）

【例文】

①在車站見面吧（会(あ)います）
➡駅(えき)で会(あ)いましょう。（較客氣）
➡駅(えき)で会(あ)おう。（較親暱）

②一起吃吧（食(た)べます）
➡一緒(いっしょ)に食(た)べましょう。
➡一緒(いっしょ)に食(た)べよう。

③一起回家吧（帰(かえ)ります）
➡一緒(いっしょ)に帰(かえ)りましょう。
➡一緒(いっしょ)に帰(かえ)ろう。

TIPS! 4-12 學過的「ます形＋ましょう 」跟這裡的意向形動詞都可表達邀約，不過前者較為客氣，後者的語氣較親暱（親近朋友才能用）。

13-2 意向形＋と思っています 打算V

「と思っています」前面放「意向形動詞」，可以用來表達「打算」，例如「晚上打算吃壽司」、「明年打算去日本」、「今晚打算早一點睡覺」之類的句子。

【句型】意向形＋と思っています（打算V）

用法	
意思	打算V
接續	動詞意向形＋と思っています
例文①	打算明年要去日本
	行きます ➡ 行こう
	来年、日本へ行こうと思っています。
例文②	打算今天晚上要吃壽司
	食べます ➡ 食べよう
	今日の夜はお寿司を食べようと思っています。

TIPS!「今天晚上」也可以使用「今晩」「今夜」的說法。

【例文】

①打算下個月買新電腦（買います ➡ 買おう）
➡来月、新しいパソコンを買おうと思っています。

②打算今天打掃房間（掃除します ➡ 掃除しよう）
➡今日は部屋を掃除しようと思っています。

③打算送花給女朋友（あげます ➡ あげよう）
➡彼女に花をあげようと思っています。

✲練✲習✲問✲題✲

❶ 今年(ことし)の夏休(なつやす)みは海(うみ)へ＿＿＿＿と思(おも)っています。

今年的暑假打算去海邊。

⑴行(い)きます　⑵行(い)った　⑶行(い)こう　⑷行(い)って

❷ 今日(きょう)は早(はや)く＿＿＿＿と思(おも)っています。

今天打算早一點睡覺。

⑴寝(ね)る　⑵寝(ね)よう　⑶寝(ね)た　⑷寝(ね)るよう

答案　第一題⑶；第二題⑵

13-3 辭書形・ない形＋つもりです 打算V・不打算V

跟上一節的「意向形＋と思っています」一樣可以用來表達「打算做這個動作」，不過要注意「～つもりです」前面要加的是辭書形和ない形。

【句型】 辭書形・ない形＋つもりです（打算V・不打算V）

用法	
意思	打算V・不打算V
接續	動詞辭書形・ない形＋つもりです
例文①	打算明年要去日本
	行きます ➡ 行く
	来年、日本へ行くつもりです。
例文②	打算明天不去學校
	行きます ➡ 行かない
	明日、学校へ行かないつもりです。

【例文】

①打算明天打網球 （します ➡ する）
➡ 明日はテニスをするつもりです。

②打算今天跟公司請假 （休みます ➡ 休む）
➡ 今日は会社を休むつもりです。

③打算不跟她見面 （会います ➡ 会わない）
➡ 彼女に会わないつもりです。

練習問題

❶ このレストランは食(た)べ放題(ほうだい)なので、たくさん＿＿＿＿＿つもりです。

這家餐廳是吃到飽，所以打算吃很多。

(1)食(た)べる　(2)食(た)べよう　(3)食(た)べて　(4)食(た)べるよう

❷ 今回(こんかい)のパーティーには参加(さんか)＿＿＿＿＿つもりです。

這次的派對打算不參加。

(1)しよう　(2)して　(3)しない　(4)するよう

答案　第一題(1)；第二題(3)

13-4 意向形＋としたら、〜 正要V的時候

「意向形＋としたら」可以用來表達「正打算要做什麼的時候」，例如「正要出門的時候」、「正要下班的時候」等。

【句型】 意向形＋としたら、〜（正要V的時候）

用法	
意思	正要V的時候
接續	意向形＋としたら、〜
例文 ①	正要出門的時候，開始下雨了
	出(で)かけます ➡ 出(で)かけよう
	出(で)かけようとしたら、雨(あめ)が降(ふ)り出(だ)しました。
例文 ②	正要睡覺的時候，電話打來了
	寝(ね)ます ➡ 寝(ね)ようとしたら
	寝(ね)ようとしたら、電話(でんわ)が掛(か)かってきました。

【例文】

①正要回家的時候，被部長叫了（帰(かえ)ります ➡ 帰(かえ)ろう）
➡ 帰(かえ)ろうとしたら、部長(ぶちょう)に呼(よ)ばれました。

②正要搭電車的時候，車門關了（乗(の)ります ➡ 乗(の)ろう）
➡ 電車(でんしゃ)に乗(の)ろうとしたら、ドアが閉(し)まってしまいました。

TIPS! 後半句複習句型 5-10，表達遺憾的意思。

③正要買那件衣服，就被別人買走了（買(か)います ➡ 買(か)おう）
➡ あの服(ふく)を買(か)おうとしたら、他(ほか)の人(ひと)に買(か)われてしまいました。

練習問題

❶ 勉強(べんきょう)を____としたら、友達(ともだち)が遊(あそ)びに来(き)ました。

正要開始念書時，朋友就來玩了。

(1) する　(2) しよう　(3) しない　(4) して

❷ お金(かね)を____としたら、財布(さいふ)を忘(わす)れたことに気(き)がつきました。

正要付錢的時候，就發現忘記帶錢包這件事了。

(1) 払(はら)う　(2) 払(はら)よう　(3) 払(はら)おう　(4) 払(はら)って

答案　第一題(2)；第二題(3)

13-5
辭書形・ない形＋ようにしています 盡量V・盡量不V

這一節學的句型可以用來表達「盡量做什麼」或「盡量不做什麼」，例如「盡量每天吃蔬菜」、「盡量不喝酒」等。

【句型】 辭書形・ない形＋ようにしています（盡量V・盡量不V）

用法	
意思	盡量V・盡量不V
接續	動詞辭書形・ない形＋ようにしています
例文①	盡量每天吃蔬菜
	食べます ➡ 食べる＋ようにしています
	毎日、野菜を食べるようにしています
例文②	最近，盡量不喝酒
	飲みます ➡ 飲まない＋ようにしています
	最近、お酒を飲まないようにしています。

【例文】

①為了健康，盡量每天走路到車站 （歩きます ➡ 歩く）
➡ 健康のために、駅まで歩くようにしています。

②為了小孩，盡量自己做菜 （します ➡ する）
➡ 子供のために、自分で料理をするようにしています。

③為了眼睛，盡量不要看電視 （見ます ➡ 見ない）
➡ 目のために、テレビを見ないようにしています。

練習問題

❶ 遅(おく)れる時(とき)は、連絡(れんらく)＿＿＿＿ようにしてください。
遲到的時候，請盡量跟我聯絡。

⑴して　⑵した　⑶する　⑷し

❷タバコは体(からだ)に悪(わる)いので、＿＿＿＿ようにしてください。
因為香菸對身體有害，請盡量不要抽。

⑴吸(す)う　⑵吸(す)わない　⑶吸(す)って　⑷吸(す)います

答案　第一題⑶；第二題⑵

13-6

辭書形・ない形＋ことにします　決定V・決定不V

這一節學的句型可以用來表達「決定做什麼」或「決定不做什麼」，例如「決定要去日本」、「決定今天不要出門」等。「辭書形＋こと」其實就是我們之前在 8-2 學過的「動詞名詞化」。

【句型】　辭書形・ない形＋ことにします（決定V・決定不V）

用法	
意思	決定V・決定不V
接續	動詞辭書形・ない形＋ことにします
例文 ①	決定暑假要去日本
	行きます ➡ 行く
	夏休みに日本へ行くことにしました。
例文 ②	決定今天不要出門
	出かけます ➡ 出かけない
	今日は出かけないことにしました。

【例文】

①因為有點遠，所以決定開車去（行きます ➡ 行く）
➡ 少し遠いので、車で行くことにしました。

②因為今天是雨天，所以決定在家裡看電影（見ます ➡ 見る）
➡ 今日は雨なので、家で映画を見ることにしました。

③因為有點貴，所以決定不買了（買います ➡ 買わない）
➡ 少し高いので、買わないことにしました。

練習問題

❶ 今日はとても暑いのでカキ氷を____ことにしました。

今天非常熱，所以決定吃剉冰了。

(1)食べる　(2)食べない　(3)食べて　(4)食べた

❷ 少し体調が悪いので今日は会社を____ことにしました。

因為身體不舒服，今天決定跟公司請假。

(1)休む　(2)休んで　(3)休み　(4)休すんだ

答案　第一題(1)；第二題(1)

13-7

名詞にします　決定（選擇）N

上一節學的句型「動詞辭書形こと」加上「にします」是決定做什麼。如果前面的東西本來就是名詞（英文：noun，簡寫為N）的話，可以直接接「にします」，意思就是選擇（決定）了這個東西。

【句型】 名詞にします（決定N）

用法	
意思	決定（選擇）N
接續	名詞＋にします
例文①	你要點什麼飲料？（你決定什麼飲料？）
	飲み物は何にしますか？
例文②	我要點咖啡（決定是咖啡）
	コーヒーにします。

【例文】

①A：「田中的生日禮物你買了什麼？」

B：「我買了衣服。」

➡A：「田中さんの誕生日プレゼントは何にしましたか？」

B：「服にしました。」

②A：「今天晚餐要吃什麼？」

B：「吃拉麵吧！！」

➡A：「今日の晩ごはん何にする？」

B：「ラーメンにしよう！！」

✽練✽習✽問✽題✽

❶ A：「先生(せんせい)のお土産(みやげ)は何(なに)を買(か)いましたか？」

老師的禮物，你買什麼？

B：「チョコレートに＿＿＿＿。」

決定了是巧克力。

(1)買(か)います　(2)買(か)いました　(3)しました　(4)して

---

❷ A：「どれにしますか？」

你決定要哪個？

B：「＿＿＿＿。」

決定要這個。

(1)これをします　(2)これでします　(3)これにします　(4)これがします

答案　第一題(3)；第二題(3)

LESSON

14

授受表現的用法

這一堂課要教的是「授受」(give and take)的用法，例如「這個手錶是爸爸給我的」、「把花送給媽媽」就是「授受」的用法。這個用法常常令許多中文母語的學生很困擾，所以這堂課也要好好打起精神學習唷。影片的重點分成四個，前面三節都是名詞(物品)的授受，第四節則是將授受的物品換成動作(動詞て形)。

14-1

あげます的用法　主語「送給」別人

日文中牽涉到授受用法的動詞主要有以下三種，分別是：「あげます」(主語「送給」別人)、「もらいます」(主語從別人那裡「收到」)和「くれます」(主語「送給我」)。本節先教的是「あげます」的文法。

【句型】 AはBに「物」をあげます。(A 將物送給 B)

用法	
意思	主語 (A)「送給」別人 (B) 某東西 (A ➡ B)
接續	A は B に「物」をあげます。
例文 ①	A 送書給 B (A ➡ B)
	A は B に本(ほん)をあげました。
例文 ②	A 送包包給 B (A ➡ B)
	A は B にかばんをあげました。

TIPS! 此句型中出現的三個助詞 (は、に、を) 要特別注意。「は」前面是主語，「に」前面是收到的人，「を」前面是被送的物品。

【例文】

① 我把花送給她。

➡ (私(わたし)は) 彼女(かのじょ)に花(はな)をあげました。

TIPS! 這個句型中，主語如果是「我」(搭配助詞是は) 經常會省略，注意不要把收到東西的對象 (搭配助詞是に) 錯認為主語。

② 我把生日禮物送給朋友。

➡ (私(わたし)は) 友達(ともだち)に誕生日(たんじょうび)プレゼントをあげました。

③ 田中小姐把巧克力送給山田先生。

➡ 田中(たなか)さんは 山田(やまだ)さんに チョコレートをあげました。

✽練✽習✽問✽題✽

❶(私(わたし)は) 父(ちち) ________ ネクタイをあげました。

我把領帶送給父親。

(1) に　(2) を　(3) で　(4) が

❷(私(わたし)は) 田中(たなか)さんに指輪(ゆびわ) ________ あげました。

我送田中小姐戒指。

(1) に　(2) を　(3) で　(4) が

答案　第一題(1)；第二題(2)

14-2 もらいます的用法　主語從別人「收到」東西

上一節的「あげます」是主語「送給」別人，而本節的「もらいます」則是主語從別人那裡「收到」。例如「我收到了男友送的花」、「山田先生收到了田中小姐送的巧克力」。

【句型】 AはBに／から「物」をもらいます。（A收到B送的物）

用法	
意思	主語（A）從別人（B）「收到」（A ⬅ B）
接續	AはBに／から「物」をもらいます。
例文①	A收到B送的書（A ⬅ B）
	AはBに本（ほん）をもらいました。
例文②	A收到B送的包包（A ⬅ B）
	AはBにかばんをもらいました。

【例文】

①我從媽媽那收到錢
➡（私（わたし）は）母（はは）にお金（かね）をもらいました。

②我從男朋友那收到花
➡（私（わたし）は）彼氏（かれし）に花（はな）をもらいました。

③山田先生從田中小姐那收到巧克力
➡山田（やまだ）さんは田中（たなか）さんにチョコレートをもらいました。

練習問題

❶ 父(ちち)は娘(むすめ)________ ネクタイをもらいました。

爸爸從女兒那收到領帶。

(1)で　(2)を　(3)に　(4)が

❷ 子供(こども)はおばあちゃん________ お小遣(こづか)いをもらいました。

小孩從奶奶那收到零用錢。

(1)で　(2)を　(3)から　(4)が

答案　第一題(3)；第二題(3)

14-3

くれます 主語「送給我」

前兩節我們學到了「あげます」(送給)和「もらいます」(收到)，這兩個動詞的主詞和受詞可以是任意的對象。但本節要學的「くれます」(送給我)，收到東西的人一定是「我」，所以「私に」通常會省略。

【句型】 Aが（私に）「物」をくれます。（A送給我）

用法	
意思	主語（A）送給我（A ➡ 我）
接續	Aが（私(わたし)に）「物」をくれました。
例文 ①	A送給我書（A ➡ 我）
	Aが（私(わたし)に）本をくれました。
例文 ②	A送給我包包（A ➡ 我）
	Aが（私(わたし)に）かばんをくれました。

【例文】

① 媽媽給我錢
➡ 母(はは)が（私(わたし)に）お金(かね)をくれました。
➡（私(わたし)は）母(はは)にお金(かね)をもらいました。

② 男朋友給我花
➡ 彼氏(かれし) が（私(わたし)に）花(はな)をくれました。
➡（私(わたし)は）彼氏(かれし)に花(はな)をもらいました。

③ 小孩子送我領帶
➡ 子供(こども)が（私(わたし)に）ネクタイをくれました。
➡（私(わたし)は）子供(こども)にネクタイをもらいました。

TIPS! くれます主語的助詞是が，もらいます主語的助詞用は，要特別注意唷。

✼練✼習✼問✼題✼

❶ 父 ________ 私にお小遣いをくれました。

爸爸給我零用錢。

(1)が　(2)に　(3)で　(4)から

---

❷ 田中さん ________ お土産をくれました。

田中先生送給我禮物。

(1)が　(2)に　(3)で　(4)から

答案　第一題(1)；第二題(1)

14-4

て形＋（あげます・もらいます・くれます）

在前面三節，我們學會了三種授受動詞用法，這一節要學的是將授受的物品換成「動作」，做法是把動詞變成「動詞て形」。

【句型】主語は對象に動詞て形＋あげます。（主語幫別人做事情。）

① 我把雨傘借給鈴木小姐

➡（私は）鈴木さんに傘を貸してあげました。

② 我教他日語

➡（私は）彼に日本語を教えてあげました。

【句型】主語は對象に動詞て形＋もらいます。（主語受到別人的幫忙。）

① 陳小姐告訴我很好吃的店

➡（私は）陳さんにおいしい店を教えてもらいました。

② 山田先生教我日語

➡（私は）山田さんに日本語を教えてもらいました。

【句型】主語が（私に）動詞て形＋くれます。（別人為我做事情。）

① 陳小姐告訴我很好吃的店

➡（私は）陳さんにおいしい店を教えてもらいました。

➡陳さんが（私に）おいしい店を教えてくれました。

② 山田先生教我日語

➡（私は）山田さんに日本語を教えてもらいました。

➡山田さんが（私に）日本語を教えてくれました。

LESSON 15 比較的用法

這一堂課的主題是「比較」的用法，例如「A 和 B 誰比較高」，或是「A 比 B 大很多」這類日文的說法。這也是日常生活中常用的句型，所以要好好學起來唷。以下是本堂課的章節：

15-1

AはBより・BよりAのほうが　A比B更～

這一節要教的是最基礎的兩種「比較」句型，第一種是「A比B更～」，例如「今天比昨天熱」；第二種是「和B比起來，A更～」，例如「跟烏龍麵比起來，我更喜歡咖哩」。

【句型1】AはBより～（A比B～）

用法	
意思	A比B～
接續	AはBより＋形容詞
例文①	今天比昨天熱
	今日（きょう）は昨日（きのう）より暑（あつ）いです。

【句型2】BよりAのほうが～（跟B比起來，A比較～）

用法	
意思	跟B比起來，A比較～
接續	BよりAのほうが＋形容詞
例文①	跟昨天比起來，今天比較熱
	昨日（きのう）より今日（きょう）のほうが暑（あつ）いです。

【例文】

①這個包包比那個包包貴

➡このかばんはあのかばんより高（たか）い。

➡あのかばんよりこのかばんのほうが高（たか）い。

②我比弟弟高一點點

➡私（わたし）は弟（おとうと）より少（すこ）し背（せ）が高（たか）いです。

➡弟（おとうと）より私（わたし）のほうが少（すこ）し背（せ）が高（たか）いです。

✼練✼習✼問✼題✼

❶ うどん＿＿＿＿カレーのほうが好きです。

跟烏龍麵比起來，我更喜歡咖哩。

(1)が　(2)に　(3)より　(4)から

❷ 田中(たなか)さんは鈴木(すずき)さん＿＿＿＿若(わか)いです。

田中先生比鈴木先生年輕。

(1)のほうが　(2)より　(3)が　(4)に

答案　第一題(3)；第二題(2)

15-2

AはBほど～ない　A沒有像B那麼～

這一節要教「比較」的否定句，即「A沒有像B那麼～」，例如「北海道的人沒有像東京那麼多」。ほど的漢字寫法是「程」，意思是中文的「程度」。

【句型】 AはBほど～ない（A沒有像B那麼～）

用法	
意思	A沒有像B那麼～
接續	AはBほど＋否定形
例文①	今天沒有像昨天那麼熱
	今日(きょう)は昨日(きのう)ほど暑(あつ)くないです。

【例文】

①這個包包沒有像那個包包那麼貴

➡ このかばんはあのかばんほど高(たか)くない。

②北海道沒有像東京人那麼多

➡ 北海道(ほっかいどう)は東京(とうきょう)ほど人(ひと)が多(おお)くない。

③日語沒有像中文那麼難

➡ 日本語(にほんご)は中国語(ちゅうごくご)ほど難(むずか)しくない。

✼練✼習✼問✼題✼

❶田中さんは鈴木さん________日本語が上手じゃありません。

田中先生的日文沒有鈴木先生那麼好。

(1)ほど　(2)に　(3)のほうが　(4)から

---

❷来週________今週ほど忙しくないと思います。

我覺得下週沒有本週這麼忙。

(1)より　(2)は　(3)が　(4)に

答案　第一題(1)；第二題(2)

15-3

AとB(と)どちらが～ A跟B哪一個～

這一節要學的是二選一的程度表現，例如「日文和中文哪一個比較難？」、「棒球和籃球哪一個比較受歡迎？」。另外，「どちら」在口語中也常用「どっち」來表現。

【句型】AとB（と）どちらが～（A跟B哪一個～）

用法	
意思	A跟B哪一個～
接續	AとB（と）どちらが（どっちが）～
例文①	A：拉麵跟烏龍麵喜歡哪一個？ B：比較喜歡拉麵
	A：ラーメンとうどんどちらが好きですか？ B：ラーメンのほうが好きです。

【例文】

①在台灣足球跟籃球哪一個比較受歡迎呢？（籃球）

➡A：「台湾ではサッカーとバスケットボール、どちらが人気がありますか？」

B：「バスケットボールのほうが人気があります。」

②田中先生跟鈴木先生誰的日文比較好呢？（鈴木さん）

➡A：「田中さんと鈴木さん、どちらが日本語が上手ですか？」

B：「鈴木さんのほうが上手です。」

③你覺得日文跟中文哪一個比較難呢？（中文）

➡A：「日本語と中国語、どちらが難しいと思いますか？」

B：「中国語のほうが難しいと思います。」

✲練✲習✲問✲題✲

❶「この服とその服、________のほうがかわいいと思いますか？」

這件衣服和那件衣服，你覺得哪一件比較可愛呢？

(1) どこ　(2) どれ　(3) どっち　(4)なに

❷「お父さんとお母さん、________のほうが優しいですか？」

爸爸和媽媽，誰比較溫柔呢？

(1) どこ　(2) どれ　(3) どちら　(4)なに

答案　第一題(3)；第二題(3)

LESSON 16 推量的用法

這一課教的主題是「推量」的用法，類似中文裡的「推測」，例如他「好像」不會來、明天「有可能」會下雨等，跟推測有關的日文。這樣的說法有很多種，也是生活中常用的句型，一樣要好好學起來唷。這堂課的重點如下：

16-1 普通形＋でしょう（だろう） 可能會～‧可能不會～

16-2 普通形＋かもしれません 也許～

16-3 普通形＋らしいです 好像～的樣子（聽說）

16-4 普通形＋ようです 好像～的樣子（看來）

16-5 普通形＋はずです 應該會‧應該不會

16-6 普通形＋はずがないです 不可能～‧絕對不～

16-1

普通形＋でしょう（だろう） 可能會～・可能不會～

這一節要學的是將「でしょう」加在句尾，用來表達推測，通常翻譯為「可能會」或「應該會」，接在「でしょう」前面的句型是「普通形」，但特別要注意的是「な形容詞」和名詞要去掉「だ」。另外，でしょう也可以用「だろう」來取代。

【句型】 普通形＋でしょう（可能會・可能不會～）

用法	
意思	可能會～・可能不會～
接續	普通形＋でしょう（だろう） **注意：な形容詞和名詞要去掉「だ」**
例文 ①	明天可能會下雨（降(ふ)ります ➡ 降(ふ)る）
	明日(あした)は雨(あめ)が降(ふ)るでしょう。
例文 ②	田中可能不會來了（来(き)ません ➡ 来(こ)ない）
	田中(たなか)さんは来(こ)ないでしょう。

【例文】

①明天可能會冷　（寒(さむ)いです）
➡明日(あした)は寒(さむ)いでしょう。

②今天的棒球比賽台灣可能會贏　（勝(か)ちます）
➡今日(きょう)の野球(やきゅう)の試合(しあい)、台湾(たいわん)が勝(か)つでしょう。

③這次的實驗可能不會成功　（成功(せいこう)しません）
➡今回(こんかい)の実験(じっけん)は成功(せいこう)しないでしょう。

練習問題

❶ 明日(あした)の天気(てんき)はたぶん ________ でしょう。

明天的天氣可能會下雨。

(1)雨(あめ)だ (2)雨(あめ)な (3)雨(あめ) (4)雨(あめ)が

❷ 山田(やまだ)くんはきっと________でしょう。

山田君應該很好。

(1)元気(げんき)だ (2)元気(げんき)な (3)元気(げんき) (4)元気(げんき)が

答案 第一題(3)；第二題(3)

16-2

普通形＋かもしれません　也許～

上一節我們學了「でしょう」(可能會)，這一節的「かもしれません」通常翻譯為「也許」，兩者的差別在於機率的大小，「でしょう」的可能性較高，「かもしれません」發生的可能性則較低。

【句型】 普通形＋かもしれません（也許V）

用法	
意思	也許～
接續	普通形＋かもしれません **注意：な形容詞和名詞要去掉「だ」**
例文 ①	明天也許會下雨
	明日(あした)は雨(あめ)が降(ふ)るかもしれません。
例文 ②	田中也許不會來
	田中(たなか)さんは来(こ)ないかもしれません。

【例文】

①如果搭計程車的話，也許會來得及 （間(ま)に合(あ)います）

➡ タクシーに乗(の)ったら、間(ま)に合(あ)うかもしれません。

②周末也許颱風會來 （来(き)ます）

➡ 週末(しゅうまつ)、台風(たいふう)が来(く)るかもしれません。

③也許櫻花還沒開 （まだ咲(さ)いていません）

➡ 桜(さくら)はまだ咲(さ)いていないかもしれません。

練習問題

❶ 明日(あした)のパーティに＿＿＿＿かもしれません。

明天的派對也許不能去。

(1)行(い)けない　(2)行(い)った　(3)行(い)って　(4)行(い)きます

❷ もしかしたら、東京(とうきょう)で有名人(ゆうめいじん)に＿＿＿＿かもしれません。

在東京也許可以遇到名人。

(1)会(あ)います　(2)会(あ)って　(3)会(あ)える　(4)会(あ)った

答案　第一題(1)；第二題(3)

16-3 普通形＋らしいです　好像～的樣子（聽說）

這一節我們要學「らしいです」，意思是「好像～的樣子」，例如「那部電影好像不好看的樣子」、「他好像不會來的樣子」，表達的是一種傳言或聽別人說的感覺。

【句型】普通形＋らしいです（好像～的樣子）

用法	
意思	好像～的樣子（聽說）
接續	普通形＋らしいです **注意：な形容詞和名詞要去掉「だ」**
例文 ①	明天好像會下雨的樣子（降ります ➡ 降る）
	明日は雨が降るらしいです。
例文 ②	他好像不來的樣子（来ません ➡ 来ない）
	彼は来ないらしいです。

【例文】

①那一部電影好像不好看的樣子　（面白くありません）
➡ あの映画は面白くないらしいです。

②他說的話好像是真的樣子喔　（本当です）
➡ 彼の話は本当らしいですよ。

③他好像要辭職的樣子喔　（辞めます）
➡ 彼は会社を辞めるらしいですよ。

✽練✽習✽問✽題✽

❶ 来月(らいげつ)から新(あたら)しい先生(せんせい)が＿＿＿＿らしいですよ。

聽說從下個月開始，新老師會來的樣子。

(1)来(く)る　(2)来(き)ます　(3)来(き)て　(4)来(き)た

❷ 日本(にほん)はもう雪(ゆき)が＿＿＿＿＿らしいですよ。

聽說日本已經下雪了。

(1)降(ふ)る　(2)降(ふ)った　(3)降(ふ)り　(4)降(ふ)って

答案　第一題(1)；第二題(2)

16-4 普通形＋ようです　好像～的樣子（看來）

這一節的「ようです」（好像～的樣子）乍看跟上一節的「らしいです」（好像～的樣子）十分相似，但細究起來，「ようです」是根據自己當下的所見所聞做出的判斷，「らしいです」則是根據傳聞或是別人的說法做出的猜測。值得注意的是「よう」（樣子）是名詞，所以「な形容詞」句尾的「だ」要改成「な」，名詞的「だ」則要改成「の」，才能修飾名詞「よう」。

【句型】普通形＋ようです（好像～的樣子）

用法	
意思	好像～的樣子（看來）
接續	普通形＋ようです（ようだ） **注意：な形容詞要將だ改成な（だ ➡ な）；名詞要將だ改成の（だ ➡ の）**
例文①	外面好像在下雨（降(ふ)っています ➡ 降(ふ)っている）
	外(そと)は雨(あめ)が降(ふ)っているようです。
例文②	房間裡好像沒有人（誰(だれ)もいません ➡ 誰(だれ)もいない）
	部屋(へや)には誰(だれ)もいないようです。

【例文】

①他好像不餓的樣子（お腹(なか)が空(す)いていません）

➡ 彼(かれ)はお腹(なか)が空(す)いていないようです。

②你好像沒精神，怎麼了？（元気(げんき)がありません）

➡ 元気(げんき)がないようですが、どうしましたか？

③好像有事故（事故(じこ)がありました）

➡ 事故(じこ)があったようです。

✲練✲習✲問✲題✲

❶ 電車(でんしゃ)にかばんを＿＿＿＿＿ようです。

好像把包包忘在電車上了。

(1)忘(わす)れる　(2)忘(わす)れた　(3)忘(わす)れ　(4)忘(わす)れて

❷ あの人(ひと)は本当(ほんとう)に子供(こども)が＿＿＿＿＿ようです。

那個人好像真的喜歡小孩的樣子。

(1)好(す)きな　(2)好(す)きだ　(3)好(す)きで　(4)好(す)きの

答案　第一題(2)；第二題(1)

16
推量的用法

16-5 普通形＋はずです 應該會・應該不會

「～はずです」這個句型可以用來表達根據常理推測的結果，例如「因為留學過，他的日文應該很厲害」。はず是名詞，意思是「（推測的）理所當然的道理」，也就是「應該」。在此要注意的是，因為要修飾身為名詞的「はず」，所以「な形容詞」句尾的「だ」要改成「な」，名詞的「だ」則要改成「の」。

【句型】 普通形＋はずです（應該會・應該不會）

用法	
意思	應該會・應該不會（表達推測）
接續	普通形＋はずです（はずだ） **注意：な形容詞要將だ改成な（だ ➡ な）；名詞要將だ改成の（だ ➡ の）**
例文 ①	因為昨天寄信，所以今天應該會到（着きます ➡ 着く） 昨日手紙を出したので、今日着くはずです。
例文 ②	因為他在感冒，所以應該不會來（来ません ➡ 来ない） 彼は風邪をひいているので、来ないはずです。

【例文】

①因為有努力學習，所以應該會合格 （合格します）
➡ 頑張って勉強したから合格するはずです。

②因為我媽很溫柔，所以應該不會生氣 （怒りません）
➡ 母は優しいから怒らないはずです。

③他現在應該在美國 （います）
➡ 彼は今アメリカにいるはずです。

✻練✻習✻問✻題✻

❶ 李さんは留学したことがあるので、日本語が＿＿＿＿はずです。
李先生有留學的經驗，日文應該很厲害。

(1)上手な　(2)上手だ　(3)上手　(4)上手です

❷ もう夜の 10 時だから、お店は＿＿＿＿はずです。
已經晚上十點了，商店應該關門了。

(1)閉まり　(2)閉まっている　(3)閉まって　(4)閉まら

答案　第一題(1)；第二題(2)

16-6

普通型＋はずがありません　不可能～・絕對不～

這一節的句型，是前面 16-5 的否定形「～はずがありません」(～はずがないです) 意思是「沒有這種可能性」，例如「他不可能會遲到」或「那些話不可能是真的」。

【句型】 普通形＋はずがありません（不可能～・絕對不～）

用法	
意思	不可能～（絕對不）
接續	普通形＋ はずがありません（はずがないです） **注意：な形容詞要將だ改成な（だ ➡ な）；名詞要將だ改成の（だ ➡ の）**
例文 ①	他不可能會來（来ます→来る）
	彼が来るはずがありません。
例文 ②	東京的房子，不可能那麼便宜（安いです ➡ 安い）
	東京の家がそんなに安いはずがありません。

【例文】

①她不可能講我的壞話 （悪口を言います）

➡ 彼女が私の悪口を言うはずがありません。

②他不可能會遲到 （遅れます）

➡ 彼が遅れるはずがありません。

③那些話不可能是真的 （本当）

➡ それらの話は本当のはずがありません。

練習問題

❶ 何回(なんかい)も練習(れんしゅう)したので、＿＿＿＿＿はずがありません。

因為練習了好多次，所以不可能會失敗。

(1)成功(せいこう)な　(2)成功(せいこう)する　(3)失敗(しっぱい)な　(4)失敗(しっぱい)する

❷ あんなに汚(きたな)いレストランが＿＿＿＿＿はずがありません。

那麼髒的餐廳，不可能會好吃。

(1)まずい　(2)おいしくない　(3)おいしい　(4)おいし

答案　第一題(4)；第二題(3)

LESSON

17

命令和禁止的用法

這堂課的主題是「命令和禁止」的說法，其實這個用法在日常對話中不常出現，原因是語氣太過強烈，例如「你不准如何」或「你給我去做什麼」等，平時很少聽到有人會這麼說。不過這個句型經常出現在生活中的標語或告示牌，所以還是要學唷。以下是本次教學的重點：

17-1

命令形的變化

這次要學的命令形動詞變化並不難，同樣將動詞分為三種類型來變化即可。

動詞命令形的變化說明

1 第一類動詞　ます前面的「い（i）的母音」➡「え（e）的母音」

2 第二類動詞　ます ➡ ろ

3 第三類動詞　します ➡ しろ
来(き)ます ➡ 来(こ)い

第一類動詞		第二類動詞		第三類動詞	
i ます形	e 命令形	ます形	命令形	ます形	命令形
書(か)きます	書(か)け	食(た)べます	食(た)べろ	します	しろ
飲(の)みます	飲(の)め	寝(ね)ます	寝(ね)ろ	来(き)ます	来(こ)い
作(つく)ります	作(つく)れ	教(おし)えます	教(おし)えろ		
待(ま)ちます	待(ま)て	忘(わす)れます	忘(わす)れろ		
呼(よ)びます	呼(よ)べ	見(み)ます	見(み)ろ		
出(だ)します	出(だ)せ	起(お)きます	起(お)きろ		
買(か)います	買(か)え	借(か)ります	借(か)りろ		
		浴(あ)びます	浴(あ)びろ		

藍色底線為特殊第二類動詞（ます前為 i 的母音）

✲練✲習✲問✲題✲

請把「ます形」改成「命令形」：

❶ 歌(うた)います➡ 第一類 ➡ ＿＿＿＿＿＿

答案　歌(うた)え！！

---

❷ 話(はな)します➡ 第一類 ➡ ＿＿＿＿＿＿

答案　話(はな)せ！！

---

❸ 開(あ)けます➡ 第二類 ➡ ＿＿＿＿＿＿

答案　開(あ)けろ！！

---

❹ 電話(でんわ)します➡ 第三類 ➡ ＿＿＿＿＿＿

答案　電話(でんわ)しろ！！

---

❺ 練習(れんしゅう)します➡ 第三類 ➡ ＿＿＿＿＿＿

答案　練習(れんしゅう)しろ！！

17-2 命令形的用法

在學習命令形的用法之前，必須再次提醒各位，命令形雖然是必學，但現實生活中最好不要說，因為語氣非常強烈也不禮貌。動詞變成命令形之後，語氣會變成「給我說！！」「唱啊！！」這樣激烈的意思，最常見的是警察對犯人的訓斥、比較兇狠的男性說的話、或是標示牌上的警告文句。所以各位要注意使用的場合唷（最好是不要用）。

【例文】

①把錢拿出來 （出(だ)します ➡ 出(だ)せ）
➡ お金(かね)を出(だ)せ！！

②要小心車子 （気(き)をつけます ➡ 気(き)をつけろ）
➡ 車(くるま)に気(き)をつけろ！！

③趕快吃 （食(た)べます ➡ 食(た)べろ）
➡ 早(はや)く食(た)べろ！！

④你給我看這個！ （見(み)ます ➡ 見(み)ろ）
➡ これを見(み)ろ！！

⑤從這裡滾出去 （出(で)て行(い)きます ➡ 出(で)て行(い)け）
➡ ここから出(で)て行(い)け！！

練習問題

❶「もうすぐ警察(けいさつ)が来(く)る。早(はや)く________！！」

警察就快來了。快逃啊！！

(1)逃(に)げるな　(2)逃(に)げます　(3)逃(に)げろ　(4)逃(に)げた

❷「ちょっと________！！」

給我站住！！

(1)待(ま)つ　(2)待(ま)たない　(3)待(ま)て　(4)待(ま)てる

答案　第一題(3)；第二題(3)

17-3

動詞ます形＋なさい　做Ｖ這個命令（指示）

這個句型雖然也屬於命令形，但是語氣沒有 17-2 的命令形那麼強烈，通常是父母或老師在下指導棋時會用的叮嚀語氣，例如「趕緊起床」、「快去洗手」之類的指示。

【句型】動詞ます形＋なさい（做Ｖ這個命令）

用法	
意思	做Ｖ這個命令（通常是父母或老師對小孩或學生下達指示）
接續	動詞ます形（~~ます~~）＋なさい
例文 ①	趕快起床
	起(お)きます ➡ 起(お)きなさい
	早(はや)く起(お)きなさい。
例文 ②	吃飯前要洗手
	洗(あら)います ➡ 洗(あら)いなさい。
	食事(しょくじ)の前(まえ)に手(て)を洗(あら)いなさい。

【例文】

①趕快睡覺　（寝(ね)ます ➡ 寝(ね)なさい）

➡「早(はや)く寝(ね)なさい。」

②關電視　（消(け)します ➡ 消(け)しなさい）

➡「テレビを消(け)しなさい。」

③吃完了要洗盤子　（洗(あら)います ➡ 洗(あら)いなさい）

➡「食(た)べ終(お)わったら（お皿(さら)を）洗(あら)いなさい。」

練習問題

❶ 母(はは)：「ちゃんと宿題(しゅくだい)を＿＿＿＿＿。」子供(こども)：「はーい」

媽媽：要好好寫功課。小孩：好的。

(1)するな　(2)しなさい　(3)する　(4)するなさい

---

❷ 母(はは)：「遊(あそ)んだらちゃんと＿＿＿＿＿。」子供(こども)：「はーい」

媽媽：玩完之後要好好收拾。小孩：好的。

(1)片付(かたづ)けるな　(2)片付(かたづ)けるなさい　(3)片付(かたづ)けなさい　(4)片付(かたづ)きなさい

答案　第一題(2)；第二題(3)

17-4 動詞禁止形的變化

動詞的禁止形跟命令形一樣，都是很強烈的用法，例如「不准坐！」、「不能說！」等，所以千萬不要亂用喔。

動詞禁止形的變化說明

1 **第一類動詞** ます前面的「い（i）的母音」➡「う（u）的母音」＋な

2 **第二類動詞** ます ➡ るな

3 **第三類動詞** します ➡ するな
来(き)ます ➡ 来(く)るな

TIPS! 禁止形的變化，也可以用「辭書形＋な」來記憶。

第一類動詞		第二類動詞		第三類動詞	
i ます形	u 禁止形	ます形	禁止形	ます形	禁止形
書(か)きます	書(か)くな	食(た)べます	食(た)べるな	します	するな
飲(の)みます	飲(の)むな	寝(ね)ます	寝(ね)るな	来(き)ます	来(く)るな
作(つく)ります	作(つく)るな	教(おし)えます	教(おし)えるな		
待(ま)ちます	待(ま)つな	忘(わす)れます	忘(わす)れるな		
呼(よ)びます	呼(よ)ぶな	見(み)ます	見(み)るな		
出(だ)します	出(だ)すな	起(お)きます	起(お)きるな		
買(か)います	買(か)うな	借(か)ります	借(か)りるな		
		浴(あ)びます	浴(あ)びるな		

藍色底線為特殊第二類動詞（ます前為 i 的母音）

練習問題

請把「ます形」改成「禁止形」：

❶ 泳(およ)ぎます➡第一類➡ ＿＿＿＿＿＿

答案 泳(およ)ぐな！！

❷ 言(い)います➡第一類➡ ＿＿＿＿＿＿

答案 言(い)うな！！

❸ 投(な)げます➡第二類➡ ＿＿＿＿＿＿

答案 投(な)げるな！！

❹ 座(すわ)ります➡第一類➡ ＿＿＿＿＿＿

答案 座(すわ)るな！！

❺ 運転(うんてん)します➡第三類➡ ＿＿＿＿＿＿

答案 運転(うんてん)するな！！

17-5

禁止形的用法

前面說過禁止形語氣非常強烈（不禮貌），不能在口語中亂用，但各種警告標語或告示牌上卻經常用到這個句型，例如「禁止抽菸」、「禁止釣魚」、「禁止亂丟垃圾」等，所以要學會才能看懂告示牌唷。

【例文】

①不要在這裡抽菸（吸(す)います ➡ 吸(す)うな）
➡ ここでタバコを吸(す)うな！！

②不要在圖書館使用手機（使(つか)います ➡ 使(つか)うな）
➡ 図書館(としょかん)で携帯電話(けいたいでんわ)を使(つか)うな！！

③不要在這裡釣魚（します ➡ するな）
➡ ここで釣(つ)りをするな！！

④明天的會議不要遲到（遅(おく)れます ➡ 遅(おく)れるな）
➡ 明日(あした)の会議(かいぎ)に遅(おく)れるな！！

⑤不要把垃圾丟這裡（捨(す)てます ➡ 捨(す)てるな）
➡ ここにゴミを捨(す)てるな！！

練習問題

❶「この橋(はし)は危険(きけん)だから絶対(ぜったい)に________！！」

這座橋很危險，所以禁止奔跑！！

(1)走(はし)ろ　(2)走(はし)れな　(3)走(はし)ろう　(4)走(はし)るな

❷「歩(ある)きながらスマホを________！！」

禁止邊走邊看手機！！

(1)見(み)るな　(2)見(み)れ　(3)見(み)ろ　(4)見(み)て

答案　第一題(4)；第二題(1)

17-6

三種禁止用法整理

目前為止，我們已經學了三種關於禁止的日文句型。本節就來複習一下這三種句型，其中禁止形最不客氣，「動詞て形＋はいけません」(5-6)次之，「ない形＋でください」(7-4)則較為客氣。

1 禁止用法 禁止形（禁止．不准）

例 泳（およ）ぎます ➡ 泳（およ）ぐな！！

2 禁止用法 動詞て形＋はいけません（不可以）

例 泳（およ）ぎます➡ 泳（およ）いではいけません

3 禁止用法 動詞ない形＋でください（請你不要）

例 泳（およ）ぎます ➡ 泳（およ）がないでください

【例文】

1. 禁止形（語氣最強烈）：

例 不准喝酒 （飲（の）みます ➡ 飲（の）むな）

➡ お酒（さけ）を飲（の）むな！！

2. て形＋はいけません（語氣普通強烈）：

例 不可以喝酒 （飲（の）みます ➡ 飲（の）んで）

➡ お酒（さけ）を飲（の）んではいけません。

3. ない形＋でください（語氣較為客氣）：

例 請你不要喝酒 （飲（の）みます ➡ 飲（の）まない）

➡ お酒（さけ）を飲（の）まないでください。

✼練✼習✼問✼題✼

❶「病院内では携帯電話を＿＿＿＿でください。」

醫院內請不要使用行動電話。

(1)使　(2)使あない　(3)使うな　(4)使わない

❷「未成年者はタバコを＿＿＿＿はいけません。」

未成年人禁止抽菸。

(1)吸わないで　(2)吸って　(3)吸うな　(4)吸う

答案　第一題(4)；第二題(2)

17
命令和禁止的用法

LESSON

18

理由的用法

本堂課的主題是「理由」的用法，就是中文裡面常用的「因為」「所以」等，日文中主要有三個句型來表達理由，分別是「から」、「ので」和「て（で）」，雖然只有三種，由於接續的方式有點不同，常常有學生搞錯，所以要好好學習唷。影片的重點分段如下：

18-1 丁寧形．普通形＋から 因為～

18-2 普通形＋ので 因為～

18-3 ～て．で 因為～

18-1

丁寧形．普通形＋から（因為～）

這一節先介紹第一個「因為」，就是「から」，用法是「丁寧形．普通形」加上「から」。

【句型】丁寧形・普通形＋から（因為～）

用法	
意思	因為～
接續	丁寧形・普通形＋から
例文 ①	因為沒有時間，請你趕快
	時間がありませんから、急いでください。（丁寧形）
	時間がないから、急いでください。（普通形）
例文 ②	因為今天是星期日，所以沒有上課
	今日は日曜日ですから、授業はありません。（丁寧形）
	今日は日曜日だから、授業はありません。（普通形）

【例文】

①因為明天沒有工作，所以在家裡看電視

➡明日は仕事がありませんから、家でテレビを見ます。（丁寧形）

明日は仕事がないから、家でテレビを見ます。（普通形）

②因為今天是小孩子的生日，所以買蛋糕

➡今日は子供の誕生日ですから、ケーキを買います。（丁寧形）

今日は子供の誕生日だから、ケーキを買います。（普通形）

③因為昨天睡得很好，所以今天精神很好

➡昨日はよく寝ましたから、今日は元気です。（丁寧形）

昨日はよく寝たから、今日は元気です。（普通形）

✲練✲習✲問✲題✲

❶ 先月(せんげつ)は＿＿＿＿から、遊(あそ)ぶ時間(じかん)がありませんでした。

因為上個月很忙，所以沒有玩的時間。

(1)忙(いそが)しい　(2)忙(いそが)しくて　(3)忙(いそが)しかった　(4)忙(いそが)だ

❷ 明日(あした)は＿＿＿＿から、試合(しあい)は中止(ちゅうし)です。

因為明天是雨天，所以比賽中止。

(1)雨(あめ)　(2)雨(あめ)な　(3)雨(あめ)の　(4)雨(あめ)だ

答案　第一題(3)；第二題(4)

18-2

普通形＋ので 因為～

第二個介紹的「因為」是「ので」，「ので」前面加的句子只能是「普通形」，跟「から」可以用普通形或丁寧形不一樣，這一點非常重要。另外，就語氣來說，「ので」比較客觀委婉，「から」則較為主觀和理直氣壯。

【句型】 普通形＋ので（因為～）

用法	
意思	因為～
接續	普通形＋ので～ **注意：な形容詞和名詞要去掉「だ」，改成「な＋ので」**
例文 ①	因為沒有時間，請你趕快
	時間(じかん)がないので、急(いそ)いでください。
例文 ②	因為今天是星期日，所以沒有上課
	今日(きょう)は日曜日(にちようび)なので、授業(じゅぎょう)はありません

【例文】

①因為在下雨，所以不用來喔

➡雨(あめ)が降(ふ)っているので、来(こ)なくてもいいですよ。

②因為這家咖啡廳很安靜，所以經常在這裡念書

➡この喫茶店(きっさてん)は静(しず)かなので、よくここで勉強(べんきょう)します。

③因為這裡很危險，所以請你小心

➡ここは危(あぶ)ないので、気(き)をつけて下(くだ)さい。

練習問題

❶ この神社は________ので、たくさんの観光客が来ます。

因為這間神社很有名，很多觀光客會來。

(1)有名　(2)有名だ　(3)有名な　(4)有名で

❷ まだ時間は________ので急がなくてもいいですよ。

因為還有時間，不用急也沒有關係。

(1)あります　(2)あって　(3)ある　(4)あるで

答案　第一題(3)；第二題(3)

18-3

〜て・で　因為〜

第三個介紹的「因為」是「〜て・で」，前面接的句子根據詞性不同可分為四種接續方法。

【句型】 **①動詞て形 ②ない形（〜なくて）③い形容詞（〜くて）④な形容詞（〜で）**（因為〜）

用法	
意思	因為〜
接續	①動詞て形　②ない形（〜なくて）③い形容詞（〜くて） ④な形容詞（〜で）
例文 ①	因為感冒，所以請假了
	風邪をひいて、学校を休みました。
例文 ②	因為沒錢所以放棄旅遊
	お金がなくて、旅行を諦めました。

【例文】

①這本書有點複雜，所以看不太懂

➡ この本は複雑で、よく分からないです。

②這雙鞋有點小，所以穿不下

➡ この靴は小さくて、履けません。

③這個鍋子很輕，所以很好用

➡ この鍋は 軽くて 、使いやすいです。

✽練✽習✽問✽題✽

❶ 地震（じしん）のニュースを＿＿＿＿、びっくりしました。

因為聽到地震的新聞，嚇了一跳。

(1)聞（き）くて　(2)聞（き）いて　(3)聞（き）く　(4)聞（き）いで

❷ この料理（りょうり）は＿＿＿＿、覚（おぼ）えやすい。

這個料理很簡單，所以很好記。

(1)簡単（かんたん）　(2)簡単（かんたん）で　(3)簡単（かんたん）だ　(4)簡単（かんたん）ので

答案　第一題(2)；第二題(2)

18 理由的用法

LESSON 19 條件的用法

這一課我們要學習「條件」的用法，例如「下雨的話，比賽就會取消」、「這條路直直走的話，就會有銀行」，諸如此類的用法。條件的用法在日文裡有好幾種，這堂課會一次教給各位，以下是本章重點大綱：

19-1 條件形的變化

在日文中，除了動詞可以變化成「條件形動詞」來表達「假設條件」，い形容詞、な形容詞和名詞也都有各自變化為條件形的方法，本節會根據詞性來介紹變化的方法。

一、動詞條件形的變化說明

1 第一類動詞 ます前面的「い（i）的母音」➡「え（e）的母音」＋ば

2 第二類動詞 ます➡れば

3 第三類動詞 します ➡ すれば
来（き）ます ➡ 来（く）れば

第一類動詞		第二類動詞		第三類動詞	
i ます形	e 條件形	ます形	條件形	ます形	條件形
書（か）きます	書（か）けば	食（た）べます	食（た）べれば	します	すれば
飲（の）みます	飲（の）めば	開（あ）けます	開（あ）ければ	来（き）ます	来（く）れば
取（と）ります	取（と）れば	教（おし）えます	教（おし）えれば		
持（も）ちます	持（も）てば	忘（わす）れます	忘（わす）れれば		
呼（よ）びます	呼（よ）べば	見（み）ます	見（み）れば		
押（お）します	押（お）せば	借（か）ります	借（か）りれば		
買（か）います	買（か）えば				

藍色底線為特殊第二類動詞（ます前為 i 的母音）

二、「い形容詞．な形容詞．名詞 」條件形變化方式

1 い形容詞 い➡ければ

2 な形容詞 な➡なら

3 名詞 名詞＋なら

4 否定形 因為動詞、形容詞和名詞的ない形結尾都有い，所以同規則 1，將い➡ければ（見下表）

		普通形	條件形
い形容詞		安(やす)い　（便宜的）	安(やす)ければ　（便宜的話）
		おいしい　（好吃的）	おいしければ　（好吃的話）
		良(い)い　（好的）	良(よ)ければ　（好的話）
	【否定】	安(やす)くない（不便宜的）	安(やす)くなければ（不便宜的話）
な形容詞		賑(にぎ)やかな　（熱鬧的）	賑(にぎ)やかなら　（熱鬧的話）
		静(しず)かな　（安靜的）	静(しず)かなら　（安靜的話）
		暇(ひま)な　（有空的）	暇(ひま)なら　（有空的話）
	【否定】	静(しず)かじゃない（不安靜的）	静(しず)かじゃなければ（不安靜的話）
名詞		雨(あめ)　（下雨）	雨(あめ)なら　（下雨的話）
	【否定】	雨(あめ)じゃない（沒有下雨）	雨(あめ)じゃなければ（沒下雨的話）

TIPS!「良ければ」的念法有變化，要特別注意。

✻練✻習✻問✻題✻

請將以下詞語改成「條件形」：

❶ 言(い)います➡第一類➡ ________________

答案　言(い)えば（如果說的話）

---

❷ 持(も)ちます➡第一類➡ ________________

答案　持(も)てば（如果拿的話）

---

❸ 暑(あつ)い➡ い形容詞➡ ________________

答案　暑(あつ)ければ（如果熱的話）

---

❹ きれいな➡ な形容詞➡ ________________

答案　きれいなら（如果漂亮的話）

---

❺ 月曜日(げつようび)➡ 名詞➡ ________________

答案　月曜日(げつようび)なら（如果是禮拜一的話）

---

❻ 書(か)かない➡動詞ない形➡ ________________

答案　書(か)かなければ（如果不寫的話）

---

❼ 辛(から)くない➡ い形容詞否定➡ ________________

答案　辛(から)くなければ（如果不辣的話）

19-2 條件形的用法

學了 19-1 的條件形變化，我們就可以用來造「假設句」，例如「如果不下雨的話就去」、「如果便宜的話就會買」之類非常實用的句子。

用法	
意思	如果～
接續	條件形、～
例文①	如果明天下雨的話，比賽中止
	降ります ➡ 降れば
	明日雨が降れば、試合は中止です。
例文②	如果明天有空的話，要不要一起吃飯？
	暇な ➡ 暇なら
	明日暇なら、一緒にご飯を食べませんか？

【例文】

① 如果冷的話，請你關冷氣 （寒い ➡ 寒ければ）
➡ 寒ければ、クーラーを消して下さい。

② 如果搭電車的話，會來得及 （乗ります ➡ 乗れば）
➡ 電車に乗れば、間に合います。

③ 如果不是雨天的話，會去 （雨じゃない ➡ 雨じゃなければ）
➡ 雨じゃなければ、行きます。

✼練✼習✼問✼題✼

❶ 天気（てんき）が＿＿＿＿、ここから富士山（ふじさん）が見（み）えます。

天氣好的話，可以從這裡看到富士山。

(1)いいなら　(2)いければ　(3)よければ　(4)よいなら

❷ あまりお金（かね）がないので、＿＿＿＿買（か）います。

因為沒有很多錢，如果不貴就買。

(1)高（たか）ければ　(2)高（たか）いなら　(3)高（たか）くなければ　(4)安（やす）いなら

答案　第一題(3)；第二題(3)

19-3

辭書形＋と、～ 如果～就～

除了將動詞變成條件形動詞可以用來表達假設，「辭書形＋と」也可以表達假設，意思是「做前面的事情就會有後面的事情」，例如「如果喝了酒就會想睡覺」、「到了春天，櫻花就會開」。

【句型】 辭書形＋と、～（如果～就～）

用法	
意思	如果～就～
接續	動詞辭書形＋と、～
例文 ①	這條路直直走，就會有郵局
	まっすぐ行(い)きます ➡ まっすぐ行(い)く
	この道(みち)をまっすぐ行(い)くと、郵便局(ゆうびんきょく)があります。
例文 ②	到了春天，櫻花就開了
	春(はる)になります ➡ 春(はる)になる
	春(はる)になると、桜(さくら)が咲(さ)きます。

【例文】

① 如果喝酒就會想睡覺 （飲(の)みます ➡ 飲(の)む）

➡ お酒(さけ)を飲(の)むと、眠(ねむ)くなります。

② 如果吃很多就會變胖喔 （食(た)べます ➡ 食(た)べる）

➡ たくさん食(た)べると、太(ふと)りますよ。

③ 如果按這個鈕聲音就會變大 （押(お)します ➡ 押(お)す）

➡ このボタンを押(お)すと、音(おと)が大(おお)きくなります。

✼練✼習✼問✼題✼

❶ この山（やま）は冬（ふゆ）に________と、スキーができます。

這座山到了冬天，就可以滑雪。

(1)なり　(2)なった　(3)なれば　(4)なる

---

❷ あの交差点（こうさてん）を右（みぎ）へ________と、コンビニがあります。

這個十字路口右轉，就會有便利商店。

(1)曲（ま）がり　(2)曲（ま）がる　(3)曲（ま）がった　(4)曲（ま）がって

答案　第一題(4)；第二題(2)

19-4

普通形（過去式）+たら 如果～

日文中有很多「如果」的說法，但「普通形（過去式）＋たら」這個句型可能是最常用的，一定要背熟。另外，這個句型的特別之處，即使是未來或現在的事情，也是要用過去式。

【句型】普通形（過去式）＋たら（如果～）

用法	
意思	如果
接續	普通形（過去式）＋たら、～
例文①	如果下雨的話，就不去
	雨が降ります ➡ 雨が降ったら
	（もし）雨が降ったら、行きません。
例文②	如果有一百萬日圓，你想做什麼？
	あります ➡ あったら
	（もし）100万円があったら、何をしたいですか？

【例文】

①如果不喜歡不用吃喔（嫌いだった）
➡（もし）嫌いだったら、食べなくていいですよ。

②如果貴的話，我就不買（高かった）
➡高かったら、買いません。

③如果不懂的話，請告訴我（分からなかった）
➡もし分からなかったら、言って下さい。

✲練✲習✲問✲題✲

❶ 大学(だいがく)に合格(ごうかく)＿＿＿＿＿ら、テニスサークルに入(はい)りたいです。

考上大學的話，想參加網球社團。

⑴する　⑵して　⑶してた　⑷した

---

❷ もし黒板(こくばん)の字(じ)が＿＿＿ら、言(い)って下(くだ)さい。

如果黑板的字看不到的話，請告訴我。

⑴見(み)えない　⑵見(み)えて　⑶見(み)える　⑷見(み)えなかった

答案　第一題⑷；第二題⑷

19-5

～ても・でも 就算～也

這一節介紹的「ても・でも」是「就算～也」的意思，可以表達「就算下雨也要去」、「就算失敗也不會放棄」之類的句子。前面接的句子會根據詞性而分為幾種接續方法，其中，動詞て形＋も、い形（去掉い）＋くても；な形和名詞則是加でも。

【句型】～ても・でも（就算～也）

用法	
意思	即使（就算）～也
接續	①動詞て形＋も ②い形（去掉い）＋くても ③な形容詞和名詞加でも
例文①	就算下雨，也要去
	降（ふ）ります ➡ 降（ふ）っても
	雨（あめ）が降（ふ）っても、行（い）きます。
例文②	就算失敗，也不會放棄
	失敗（しっぱい）します ➡ 失敗（しっぱい）しても
	失敗（しっぱい）しても、諦（あきら）めません。

【例文】

①不管背幾次都背不起來 （覚（おぼ）えます ➡ 覚（おぼ）えても）
➡ 何回覚（なんかいおぼ）えても、覚（おぼ）えられません。

②就算怎麼忙也要每天跑步 （忙（いそが）しい ➡ 忙（いそが）しくても）
➡ どんなに忙（いそが）しくても、毎日走（まいにちはし）ります。

③即使日語不好，也沒關係 （上手（じょうず）じゃない ➡ 上手（じょうず）じゃなくても）
➡ 日本語（にほんご）が上手（じょうず）じゃなくても、大丈夫（だいじょうぶ）です。

練習問題

❶ どんなに＿＿＿＿、がんばります。

再怎麼辛苦，還是會努力。

(1)辛い　(2)辛いても　(3)辛くても　(4)辛いで

TIPS! 表達辛苦的意思時念成辛い；表達很辣時，則是念成辛い。

❷ 明日のマラソン大会は雨＿＿＿＿行われます。

明天的馬拉松大會，即使下雨也會舉行。

(1)でも　(2)とも　(3)ので　(4)のに

答案　第一題(3)；第二題(1)

19-6 普通形＋のに （明明）～卻

這一節介紹的「のに」是「（明明）～卻」的意思，可以表達例如「已經很努力了卻沒通過」、「明明很漂亮卻沒男友」等。用法是普通形加上「のに」，需要注意的是な形容詞和名詞普通形的「だ」要換成「なのに」。

【句型】普通形＋のに（明明～卻）

用法	
意思	（明明）～卻
接續	普通形＋のに **注意：な形容詞和名詞的「だ」→「な」＋のに**
例文 ①	他曾留學過，但日文卻不好。
	あります ➡ ある＋のに
	彼は留学したことがあるのに、日本語が下手です。
例文 ②	已經十二月了，卻很熱。
	１２月 ➡ １２月 ＋なのに
	もう１２月なのに、とても暑いです。

【例文】

①很努力學習了，卻沒通過 （勉強しました ➡ 勉強した）
➡ 頑張って勉強したのに、合格しませんでした。

②這個手機明明很新，卻常故障 （新しい）
➡ この携帯は新しいのに、よく故障する。

③她明明很漂亮，卻沒男朋友 （きれいな）
➡ 彼女はきれいなのに、彼氏がいません。

✲練✲習✲問✲題✲

❶ 彼女(かのじょ)はいつもたくさん＿＿＿＿のに、痩(や)せています。

她總是吃很多，卻很瘦。

(1)食(た)べた　(2)食(た)べて　(3)食(た)べ　(4)食(た)べる

❷ 明日(あした)は日曜日(にちようび)＿＿＿＿、仕事(しごと)があります。

明天明明是星期日，卻有工作。

(1)のに　(2)なのに　(3)ので　(4)から

答案　第一題(4)；第二題(2)

LESSON

20

尊敬語和謙讓語的用法

這堂課我們要學習的主題是尊敬語和謙讓語的用法，這是日本「敬語」系統裡的兩個重要類型。所謂的尊敬語，是提高對方的動作，而謙讓語則是把自己的行為降低。這兩種用法在跟朋友對話時很少出現，但是跟長輩或是在公司跟主管或客戶就會常用到，所以一定要了解喔。順帶一提，第四課學過的「ます形」（丁寧語），也屬於敬語系統的一種，不過和尊敬語和謙讓語不一樣的是，「ます形」並沒有提高或降低身分的含義。

20-1

尊敬表現① 受身動詞

前言提到了尊敬語的用法，其實日本年輕人在跟朋友聊天時幾乎不會用到，但是二十多歲畢業後進入公司，開啟上班族生活之後，與主管報告或客戶溝通就必須要用了。所以，很多日本人也是畢業後才開始學習這種說話方式。各位雖然是外國人，也需要了解這種日本的特殊文化唷。

首先，基本概念就是：尊敬語與和謙讓語是不同的，前者是用來「尊敬（抬高）對方的行為」；而後者則是用來「謙虛（降低）自己的行為」。

尊敬語的表現主要有兩種，一種是我們之前在 10-1 學過的受身動詞，受身動詞除了表達被動式之外，也可以用來表達尊敬（這是比較簡單的尊敬語表達方式）。另外一種則是把動詞改成尊敬語專用的動詞，在下一節 20-2 會教。

把動詞改為受身動詞來尊敬對方的行為

1 一類動詞 書(か)きます ➡ 書(か)かれます（受身形 · 尊敬表現）

2 二類動詞 食(た)べます ➡ 食(た)べられます（受身形 · 尊敬表現）

3 三類動詞 来(き)ます ➡ 来(こ)られます（受身形 · 尊敬表現）
します ➡ されます（受身形 · 尊敬表現）

TIPS! 受身動詞的變化規則，請複習本書 10-1。

【句型】用受身動詞表達尊敬

①老師來了

➡ 先生が来ました。（丁寧語，一般客氣）

➡ 先生が来られました。（尊敬語，非常客氣）

②部長回去了

➡ 部長は帰りました。（丁寧語）

➡ 部長は帰られました。（尊敬語）

【例文】

①「部長要吃什麼呢？」（食べます）

➡「部長は何を食べますか？」(丁寧語)

➡「部長は何を食べられますか？」(尊敬語)

②「部長週末要做什麼？」（します）

➡「部長は週末何をしますか？」(丁寧語)

➡「部長は週末何をされますか？」(尊敬語)

③「部長昨天去哪裡了呢？」（行きます）

➡「部長は昨日どこへ行きましたか？」(丁寧語)

「部長は昨日どこへ行かれましたか？」(尊敬語)

20-2

尊敬表現② 尊敬語專用動詞

上一節我們學會了把動詞改成受身動詞就可以提高對方的身分，屬於比較簡單的尊敬語用法。這一節則要學另外一種變換尊敬語的方式，就是把動詞換成尊敬語專用的動詞，用意也是提高對方的身分。

很多我們在最開始學日文時的打招呼用語、在日本逛街時聽到店員的用語，甚至電車或百貨公司的廣播用語，都是這類型的尊敬語喔。

八組常用的尊敬語專用動詞

1 尊敬語動詞「去」 行きます ➡ いらっしゃいます・おいでになります

例 社長去哪裡了？

➡ 社長はどこへ行きましたか？（丁寧語，一般客氣）

➡ 社長はどこへいらっしゃいましたか？（尊敬語，非常有禮貌）

2 尊敬語動詞「來」 来ます ➡ いらっしゃいます・おいでになります・みえます

例 鈴木社長來了。

➡ 鈴木社長が来ました。（丁寧語）

➡ 鈴木社長がいらっしゃいました。（尊敬語）

3 尊敬語動詞「在」 います ➡ いらっしゃいます・おいでになります

例 社長在房間嗎？。

➡ 社長は部屋にいますか？（丁寧語）

➡ 社長は部屋にいらっしゃいますか？（尊敬語）

4 尊敬語動詞「吃、喝」 食べます·飲みます ➡ <u>めしあがります(召し上がります)</u>

例 請吃。

➡ どうぞ食べてください。（丁寧語）

➡ どうぞめしあがってください。（尊敬語）

5 尊敬語動詞「看」 見ます ➡ <u>ごらんになります（ご覧になります）</u>

例 請看。

➡ どうぞ見てください。（丁寧語）

➡ どうぞごらんになってください。（尊敬語）

6 尊敬語動詞「說」 いいます ➡ <u>おっしゃいます（仰います）</u>

例 不好意思，您說了什麼？

➡ すみません。なんと言いましたか？（丁寧語）

➡ すみません。なんとおっしゃいましたか？（尊敬語）

7 尊敬語動詞「做」 します ➡ <u>なさいます</u>

例 社長會參加會議。

➡ 社長は会議に出席します。（丁寧語）

➡ 社長は会議に出席なさいます。（尊敬語）

8 尊敬語動詞「知道」 知っています ➡ <u>ごぞんじです（ご存じです）</u>

例 您知道嗎？

➡ 知っていますか？（丁寧語）

➡ ごぞんじですか？（尊敬語）

練習問題

❶ A：「社長(しゃちょう)は部屋(へや)に＿＿＿＿か？」　B：「はい。」

A：社長在房間裡嗎？　B：是的。

(1)いらっしゃいます　(2)おります　(3)なさいます　(4)ごぞんじです

---

❷ 社員(しゃいん)：「社長(しゃちょう)はお昼(ひる)に何を＿＿＿＿か？」社長(しゃちょう)：「カレーを食(た)べたよ。」

社員：社長您中午吃了什麼？　社長：吃了咖哩。

(1)めしあがりました　(2)めしあげました

(3)めしあげになりました　(4)おいでします

答案　第一題(1)；第二題(1)

謙讓語 謙讓語專用動詞

相對於抬高對方身分來表達敬意的尊敬語，謙讓語則是用「降低自己的行為」來表達謙虛，做法也是把動詞換成專用的謙讓語動詞。雖然連日本年輕人都覺得很難，但這一節教的是最基本的必學謙讓語，所以各位還是要學起來喔。

八組常用的謙讓語專用動詞

1 謙讓語動詞「去」 行(い)きます➡まいります（参(まい)ります）

例 我現在過去。

➡今(いま)から行(い)きます。（丁寧語）

➡今(いま)からまいります。（謙讓語）

2 謙讓語動詞「來」 来(き)ます➡まいります（参(まい)ります）

例 我從台灣來。

➡台湾(たいわん)から来(き)ました。（丁寧語）

➡台湾(たいわん)からまいりました。（謙讓語）

3 謙讓語動詞「在」 います➡おります（居(お)ります）

例 我明天在家。

➡明日(あした)は家(いえ)にいます。（丁寧語）

➡明日(あした)は家(いえ)におります。（謙讓語）

4 謙讓語動詞「吃、喝」 食べます・飲みます➡いただきます（頂きます）

例 我可以吃這個麵包嗎？

➡このパン食べてもいいですか？（丁寧語）

➡このパンいただいてもいいですか？（謙讓語）

5 謙讓語動詞「看」 見ます➡はいけんします（拝見します）

例 我可以看嗎？

➡見てもいいですか？（丁寧語）

➡はいけんしてもいいですか？（謙讓語）

6 謙讓語動詞「叫做」 言います➡もうします（申します）

例 我叫井上。

➡私は井上と言います。（丁寧語）

➡私は井上ともうします。（謙讓語）

7 謙讓語動詞「做」 します➡いたします（致します）

例 我來做。

➡私がします。（丁寧語）

➡私がいたします。（謙讓語）

8 謙讓語動詞「知道」 知っています➡ぞんじています（存じます）

例 我知道。

➡知っています。（丁寧語）

➡ぞんじています。（謙讓語）

練習問題

❶ 私(わたし)は今年(ことし)、大学(だいがく)を卒業(そつぎょう)＿＿＿＿。

我今年從大學畢業。（謙讓語）

⑴なさいました　⑵おります　⑶いたしました　⑷うかがいます

---

❷ 社長(しゃちょう)：「張(ちょう)さんはどこから来(き)たの？」　張(ちょう)：「台湾(たいわん)から＿＿＿＿。」

社長：張先生從哪裡來的？　張：我來自台灣。（謙讓語）

⑴みえました　⑵いらっしゃいました

⑶おいでになりました　⑷まいりました

答案　第一題⑶；第二題⑷

LESSON

21

助詞的用法總整理

我們在前面二十堂課的例句中，用過很多日文中的「助詞」（也稱之為「格助詞」）。對很多學生來說，助詞很傷腦筋，因為助詞在不同句型會代表不同的意思。這一堂課是日文助詞的複習總整理，總共有 16 個常用的助詞用法。

21-1 16 個常見助詞用法

21-1

16 個常見的助詞用法

1 ～は 主語後面的助詞，類似中文的「是」

① 私(わたし)**は**井上(いのうえ)です。➡ 類似「是」
我是井上。

2 ～も ①類似「也」②「都」(疑問詞加否定)

① このケーキ**も**おししいです。➡ 類似「也」
這個蛋糕也好吃。

② どこ（へ）**も**行(い)きません。➡ 類似「都」
哪裡都沒有去。

3 ～の 類似中文的「的」。

① これは私(わたし)**の**傘(かさ)です。
這是我的雨傘。

② この傘(かさ)は私(わたし)**の**です。
這把傘是我的。

4 ～を ① 需要目的語的他動詞所用的助詞　② 移動、離開、穿過的意思

① 私(わたし)はパン**を**食(た)べます。➡ 需要目的語的他動詞助詞
我要吃麵包。

② 公園(こうえん)**を**散歩(さんぽ)します。➡ 在某個範圍內移動
在公園散步。

③ 橋**を**渡ります。➡ 穿過
過橋。

④ 道**を**歩きます。➡ 在某個範圍內移動
在馬路上走。

5 ～が 好き、欲しい、あります、上手的助詞

① 私はテニス**が**好きです。➡「喜歡」的助詞
我喜歡網球。

② 私は新しい携帯**が**欲しいです。➡「想要」的助詞
我想要新的手機。

③ 机の上にコップ**が**あります。➡「有」的助詞
桌子上有放杯子。

④うどんとラーメンどちら**が**好きですか？➡「喜歡」的助詞
烏龍麵和拉麵喜歡哪一種？

6 ～に ①表達時間點 ②表達對象 ③從～（類似から）④在 ⑤表達方向 ⑥表達目的

① 私は朝 8 時**に**起きます。➡ 表達時間點
我早上八點起床。

② 私は母**に**花をあげました。➡ 表達對象
我把花送給媽媽。

③ 私(わたし)は友達(ともだち)**に**本(ほん)を借(か)りました。➡ 從～某人（類似から）
我跟朋友借書。

④ 私(わたし)は今日本(いまにほん)**に**います。➡ 在
我現在在日本。

⑤ お店(みせ)**に**入(はい)ります。➡ 表達方向
進到店裡面。

⑥ 京都(きょうと)へ花見(はなみ)**に**行(い)きます。➡ 表達目的
去京都賞花。

7 ～へ 方向的助詞

① 明日(あした)、日本(にほん)**へ**旅行(りょこう)に行(い)きます。➡ 表達方向
明天去日本旅遊。

8 ～で ① 交通工具 ② 手段 ③ 做某個行為的地點 ④ 許多選項「當中」

① 電車(でんしゃ)**で**会社(かいしゃ)へ行(い)きます。➡ 表達搭乘的交通工具
搭電車去公司。

② 日本語(にほんご)**で**論文(ろんぶん)を書(か)きます。➡ 表達手段
用日文寫論文。

③ デパート**で**買(か)い物(もの)をします。➡ 在某個地方做某些行為
在百貨公司買東西。

④私はスポーツ**で**テニスが一番好きです。➡許多選項「當中」
運動當中，最喜歡網球。

9 ～と ①跟 ②叫做

①私は友達**と**日本へ行きます。➡跟（某人一起）
我和朋友去日本。

②私の名前は井上**と**言います。➡叫做（搭配本句型）
我的名字叫做井上。

10 ～や 舉幾個例子的連接詞（後面接など）

①かばんの中に本**や**財布**など**があります。➡舉例的連接詞
包包裡面有書啊錢包等等。

11 ～から～まで ①從～到～ ②從（哪裡來的）

①銀行は九時**から**五時**まで**です。➡從～到～
銀行從九點開到五點。

②私は台湾**から**来ました。➡從（哪裡來的）
我是從台灣來的。

12 ～までに 表達「期限內」

①宿題は来週**までに**出して下さい。➡表達「期限內」
請在下星期之前交功課。

TIPS! までに表達的是「期限內」，まで則是單純表達一個持續動作的結束。

13 ～より 比前面的東西更加～

①アメリカは日本(にほん)より大(おお)きいです。➡ 更加～
美國比日本大。

14 ～も 強調前面的數字很多

① 私(わたし)は今(いま) 1000 円(せんえん)もあります。➡ 強調數字很多
我有一千日圓（那麼多）。

② 大阪(おおさか)から東京(とうきょう)まで 3 時間(さんじかん)もかかります。➡ 強調花的時間很多
大阪到東京要花三小時（那麼久）。

15 ～しか＋（否定） 只有（強調前面的數字很少）

① 私(わたし)は今(いま) 1000 円(せんえん)しかありません。➡ 強調數字很少
我現在只有一千日圓。

② 大阪(おおさか)から東京(とうきょう)まで 3 時間(さんじかん)しかかかりません。➡ 強調花的時間很少
從大阪到東京只需要花費 3 小時（而已）。

TIPS! しか接的都是否定句，但表達的意思是肯定，要特別注意中文的翻譯。

16 ～だけ＋（肯定） 只有

① 私(わたし)は今(いま) 1000 円(せんえん)だけあります。➡ 只有
我現在只有一千日圓。

TIPS! だけ和しか的意思都是「只有」，但だけ一定要接肯定，しか一定要接否定，要特別注意。

✼練✼習✼問✼題✼

❶ 田中(たなか)さんはいまどこ________いますか？

田中先生現在在哪裡？

(1) で　(2) が　(3) に　(4) は

❷ 私(わたし)は毎朝(まいあさ)、公園(こうえん)________散歩(さんぽ)します。

我每天都會在公園散步。

(1) は　(2) に　(3) が　(4) を

❸ この店(みせ)は夜１０時(よるじゅうじ)________開(あ)いています。

這家店開到晚上十點。

(1) に　(2) が　(3) までに　(4) まで

❹ このレポートは明日(あした)________出(だ)さなければなりません。

這個報告明天之前一定要交。

(1) を　(2) まで　(3) までに　(4) が

❺ この映画（えいが）はもう5回（ごかい）＿＿＿＿見（み）ました。

這部動畫我已經看了五次之多。

(1)しか　(2)も　(3)で　(4)と

❻ 公園（こうえん）にたくさんの犬（いぬ）＿＿＿＿います。

公園裡有很多狗。

(1)は　(2)を　(3)が　(4)で

答案　第一題(3)；第二題(4)；第三題(4)；第四題(3)；第五題(2)；第六題(3)

LESSON

22

綜合練習問題

恭喜你，終於看完「從零開始學日文」的前二十一支影片，相信各位已經學到許多日文文法和重要句型了。最後一堂課，就是之前教過的文法總複習，各位可以用這些測驗來測試自己是否真的學會了。做完測驗，就會知道自己還有哪些地方不懂或不熟悉，試著多看幾次影片，複習閱讀書中的重點，這也是線上課程的優點。

一門語言的學習是沒有盡頭的，先學會基礎，再去查詢自己有興趣的部分。井上老師的 YouTube 影片課程，除了「從零開始學日文」這個系列之外，還有許多其它系列，我也會持續更新頻道，如果你從中獲得一點點幫助，也請幫我按讚分享和推廣唷。

22-1 綜合練習問題（一）

1. それは私（わたし）____傘（かさ）です。

(1)を　(2)が　(3)の　(4)も　　答案：(3)

2. うち____がっこうまで一時間（じかん）かかります。

(1)から　(2)には　(3)へも　(4)とは　　答案：(1)

3. パソコン____本（ほん）を買（か）いました。

(1)と　(2)に　(3)が　(4)を　　答案：(1)

4. ここでタバコを____ください。

(1)吸（す）わない　(2)吸（す）いません　(3)吸（す）わないで　(4)吸（す）いないで　　答案：(3)

5. すみませんが、____してください。

(1)静（しず）か　(2)静（しず）かな　(3)静（しず）かだ　(4)静（しず）かに　　答案：(4)

6. 最近（さいきん）____なりましたね。

(1)暑（あつ）い　(2)暑（あつ）く　(3)暑（あつ）いに　(4)暑（あつ）いの　　答案：(2)

7. 私（わたし）は日本（にほん）の神戸（こうべ）____住（す）んでいます。

(1)へ　(2)で　(3)を　(4)に　　答案：(4)

8. 父（ちち）はいつも新聞（しんぶん）を____ながら、ご飯（はん）をたべます。

(1)読（よ）んで　(2)読（よ）む　(3)読（よ）み　(4)読（よ）まない　　答案：(3)

9. 私（わたし）はビールが____たいです。

(1)飲（の）む　(2)飲（の）んで　(3)飲（の）み　(4)飲（の）んだ　　答案：(3)

10. 野球（やきゅう）とサッカーと____が好（す）きですか。

(1)どれ　(2)どちら　(3)なに　(4)どこ　　答案：(2)

11. ドアを____ください。

(1)閉(し)める　(2)閉(し)めます　(3)閉(し)めて　(4)閉(し)めた　答案：(3)

12. お腹(なか)が____食(た)べられません。

(1)痛(いた)い　(2)痛(いた)かった　(3)痛(いた)くて　(4)痛(いた)くない　答案：(3)

13. 私(わたし)は日本(にほん)へ____ことがありません。

(1)行(い)って　(2)行(い)った　(3)行(い)かない　(4)行(い)きます　答案：(2)

14. 明日(あした)一緒(いっしょ)にご飯(はん)を____ませんか。

(1)食(た)べる　(2)食(た)べ　(3)食(た)べない　(4)食(た)べた　答案：(2)

15. 明日(あした)____レポートを書(か)かなければなりません。

(1)まだ　(2)まだに　(3)まで　(4)までに　答案：(4)

16. 公園(こうえん)に２匹(にひき)の犬(いぬ)が____。

(1)ありました　(2)ある　(3)いました　(4)ありませんでした　答案：(3)

17. 雨(あめ)が降(ふ)っているので今日(きょう)はどこへも____。

(1)行(い)きます　(2)行(い)きました　(3)行(い)きません　(4)行(い)った　答案：(3)

18. 私(わたし)は____会社(かいしゃ)へ行(い)きます。

(1)歩(ある)いで　(2)歩(ある)るく　(3)歩(ある)かない　(4)歩(ある)いて　答案：(4)

19. 道(みち)を渡(わた)る時(とき)は、車(くるま)____気(き)をつけて下(くだ)さい。

(1)に　(2)が　(3)は　(4)を　答案：(1)

20. もし____、休(やす)んで下(くだ)さい。

(1)疲(つか)れる　(2)疲(つか)れて　(3)疲(つか)れない　(4)疲(つか)れたら　答案：(4)

21. 私(わたし)は今日(きょう)7時(しちじ)____起(お)きました。

(1)を　(2)へ　(3)が　(4)に　答案：(4)

22. この携帯電話(けいたいでんわ)はとても____やすいです。

(1)使(つか)う　(2)使(つか)い　(3)使(つか)って　(4)使(つか)った　答案：(2)

23. このマンションでペットを____ことはできません。

(1)すむ　(2)もつ　(3)かう　(4)いきる　答案：(3)

24. タバコは体(からだ)に悪(わる)いので、____ほうがいいですよ。

(1)吸(す)　(2)吸(す)う　(3)吸(す)った　(4)吸(す)わない　答案：(4)

25. このレポートを____しまうので、ちょっと待(ま)ってください。

(1)書(か)く　(2)書(か)いて　(3)書(か)いた　(4)書(か)き　答案：(2)

26. 昨日(きのう)のパーティには5人(ごにん)しか____。

(1)来(き)ました　(2)来(き)ませんでした　(3)来(き)ません　(4)来(き)ましょう　答案：(2)

27. 私(わたし)の趣味(しゅみ)は料理(りょうり)を____ことです。

(1)作(つく)ります　(2)作(つく)った　(3)作(つく)って　(4)作(つく)る　答案：(4)

28. 北海道(ほっかいどう)は9月(くがつ)ごろから____寒(さむ)くなります。

(1)だんだん　(2)あまり　(3)ぜんぜん　(4)たくさん　答案：(1)

29. このカメラは２０万円(にじゅうまんえん)____しました。

(1)しか　(2)も　(3)と　(4)が　答案：(2)

30. 田中(たなか)さんは足(あし)が痛(いた)い____、試合(しあい)に出(で)ました。

(1)のに　(2)から　(3)ので　(4)くて　答案：(1)

22-2 綜合練習問題（二）

1. このボタンを____と、切符が出ますよ。

   (1)押さない　(2)押す　(3)押した　(4)押して　答案：(2)

2. ここ____釣りをしてはいけません。

   (1)に　(2)で　(3)が　(4)の　答案：(2)

3. 突然、雨が____出しました。

   (1)降る　(2)降って　(3)降り　(4)降った　答案：(3)

4. ご飯を____前に手を洗って下さい。

   (1)食べる　(2)食べて　(3)食べた　(4)食べない　答案：(1)

5. 私は田中さん____買い物をしました。

   (1)で　(2)に　(3)が　(4)と　答案：(4)

6. クーラーを____ましょうか？

   (1)つき　(2)つけ　(3)あき　(4)あけ　答案：(2)

7. このデパートはたくさんの人が買い物____来ます。

   (1)に　(2)を　(3)が　(4)から　答案：(1)

8. ____服をかいました。

   (1)新しいの　(2)新しいな　(3)新しいて　(4)新しい　答案：(4)

9. 昨日、お酒を____過ぎて、頭が痛いです。

   (1)飲む　(2)飲んで　(3)飲み　(4)飲んだ　答案：(3)

10. ちょっと待ってください。今タクシーを呼んでいる____です。

    (1)あいだ　(2)うち　(3)とき　(4)ところ　答案：(4)

11. 大事(だいじ)な皿(さら)を割(わ)って、母(はは)____叱(しか)られました。

(1)に　(2)で　(3)を　(4)が　　答案：(1)

12. 早(はや)く、日本語(にほんご)が____ようになりたいです。

(1)話(はな)す　(2)話(はな)して　(3)話(はな)せる　(4)話(はな)します　　答案：(3)

13. A：「荷物(にもつ)を持(も)ちましょうか？」　B：「____。」

(1)持(も)ちましょう　(2)こちらこそ　(3)そうしましょう　(4)おねがいします　答案：(4)

14. たくさん歩(ある)きましたから、お腹(なか)が____。

(1)飽(あ)きました　(2)なきました　(3)かわきました　(4)空(す)きました　　答案：(4)

15. すみませんが、コピー機(き)の____かたを教(おし)えて下さい。

(1)使(つか)います　(2)使(つか)って　(3)使(つか)った　(4)使(つか)い　　答案：(4)

16. この部屋(へや)に____もいいですか。

(1)いれます　(2)いれて　(3)はいります　(4)はいって　　答案：(4)

17. 日本(にほん)へ行(い)ったことがないので、ぜひ____みたいです。

(1)いく　(2)いって　(3)いった　(4)いかない　　答案：(2)

18. 財布(さいふ)を____しまいました。

(1)忘(わす)れる　(2)忘(わす)れた　(3)忘(わす)れて　(4)忘(わす)れない　　答案：(3)

19. 彼(かれ)は写真(しゃしん)を____のが好(す)きです。

(1)撮(と)った　(2)撮(と)って　(3)撮(と)る　(4)撮(と)ります　　答案：(3)

20. この店(みせ)はカード____使(つか)えますか？

(1)で　(2)が　(3)に　(4)へ　　答案：(2)

21. 私は今日 7 時＿＿起きました。

(1) を　(2) へ　(3) が　(4) に　　答案：(4)

22. 京都はきれいな＿＿と思います。

(1) 町　(2) 町だ　(3) 町な　(4) 町で　　答案：(2)

23. ＿＿でしょ？少し休みましょう。

(1) 疲れた　(2) 疲れます　(3) 疲れて　(4) 疲れ　　答案：(1)

24. 明日は雨が＿＿かどうか分かりません。

(1) 降り　(2) 降る　(3) 降って　(4) 降った　　答案：(2)

25. 歩きながらスマホを＿＿！！（禁止）

(1) 見る　(2) 見るな　(3) 見れ　(4) 見て　　答案：(2)

26. 田中さんはきっと＿＿でしょう。

(1) 元気だ　(2) 元気な　(3) 元気　(4) 元気が　　答案：(3)

27. 彼が嘘を＿＿はずがありません。

(1) つく　(2) ついて　(3) つくって　(4) つくる　　答案：(1)

28. 危ないから、一人で＿＿ほうがいいですよ。

(1) 行く　(2) 行って　(3) 行かない　(4) 行かなく　　答案：(3)

29. 私は日本で車を運転＿＿ことができます。

(1) し　(2) する　(3) した　(4) して　　答案：(2)

30. 田中さんはスリにかばんを＿＿。

(1) 取りられました　(2) 取りました　(3) 取られました　(4) 取り　　答案：(3)

22-3 綜合練習問題（三）

1. 野菜は体____いいです。

(1)を　(2)に　(3)が　(4)の　　答案：(2)

2. 来月、日本へ____と思っています。

(1)行く　(2)行こう　(3)行って　(4)行った　　答案：(2)

3. さっきご飯を____ばかりなのに、お腹が空きました。

(1)食べる　(2)食べて　(3)食べた　(4)食べている　　答案：(3)

4. 30歳になってやっと、お酒が飲める____なりました。

(1)よう　(2)ようで　(3)ような　(4)ように　　答案：(4)

5. この道____渡って、まっすぐいくと公園があります。

(1)が　(2)と　(3)に　(4)を　　答案：(4)

6. もし明日雨が____、運動会は行われます。

(1)降ったら　(2)降っても　(3)降るなら　(4)降れば　　答案：(2)

7. このパソコンは____います。

(1)壊れて　(2)壊れる　(3)壊して　(4)壊れ　　答案：(1)

8. すみません、寒いのでクーラーを____ください。

(1)きえて　(2)消して　(3)消す　(4)消した　　答案：(2)

9. 2時間____歩いたので、喉が乾きました。

(1)も　(2)に　(3)と　(4)か　　答案：(1)

10. その本を____おわったら、貸してください。

(1)読んで　(2)読み　(3)読んだ　(4)読み　　答案：(2)

11.テーブルの上にコップが____あります。

(1)置きます　(2)置いて　(3)置く　(4)置いた　答案：(2)

12.私は一ヶ月____一回テニスをします。

(1)の　(2)は　(3)に　(4)を　答案：(3)

13.すみません。借りていた本をなくして____。

(1)います　(2)しまいました　(3)あります　(4)おきます　答案：(2)

14.明日一緒にご飯を____ませんか。

(1)たべる　(2)たべ　(3)たべない　(4)たべた　答案：(2)

15.このお店は午後5時____やっています。

(1)まで　(2)までに　(3)には　(4)では　答案：(1)

16.鈴木さんより田中さんの____が若いです。

(1)ほど　(2)まで　(3)より　(4)ほう　答案：(4)

17.飲み物は何____しますか？

(1)を　(2)に　(3)で　(4)が　答案：(2)

18.２０２０年に東京でオリンピックが____。

(1)開きます　(2)開きます　(3)開けられます　(4)開かれます　答案：(4)

19. もうすぐ春____なります。

(1)く　(2)で　(3)が　(4)に　答案：(4)

20.私は母に買い物に____。

(1)行きました　(2)行かされました　(3)行った　(4)行かしました　答案：(2)

21.この町は安全で、____やすいです。

(1)住む (2)住み (3)住ま (4)住んで 答案：(2)

22.火事だ！！！みんな早く____！！

(1)逃げる (2)逃げろ (3)逃げるな (4)逃げろう 答案：(2)

23.夜になって雪が____はじめた。

(1)降る (2)降り (3)降って (4)降った 答案：(2)

24.テレビの音が____聞こえません。

(1)小さくて (2)小いさいで (3)小いさいくて (4)小いさで 答案：(1)

25.この時計は高いので____。

(1)買えない (2)買うない (3)買えた (4)買ったの 答案：(1)

26.これは３万円____買った財布です。

(1)を (2)に (3)で (4)も 答案：(3)

27.すみません。あのかばんを____ください。

(1)取り (2)取って (3)取った (4)取る 答案：(2)

28.母：「ちゃんと手を____」。 子：「はーい」

(1)洗うな (2)洗った (3)洗う (4)洗いなさい 答案：(4)

29.この料理の____かたを教えて下さい。

(1)作り (2)作る (3)作って (4)作 答案：(1)

30.A：「この部屋に____いいですか？」 B：「どうぞ」

(1)はいる (2)はいり (3)はいっても (4)はいりて 答案：(3)

22-4 綜合練習問題（四）

1. 店内(てんない)でタバコを____ください。

(1)吸(す)う　(2)吸(す)わない　(3)吸(す)います　(4)吸(す)わないで　　答案：(4)

2. 彼女(かのじょ)____誕生日(たんじょうび)プレゼントをもらいました。

(1)が　(2)に　(3)を　(4)で　　答案：(2)

3. 今年(ことし)は雪(ゆき)が____かもしれません。

(1)降(ふ)る　(2)降(ふ)って　(3)降(ふ)り　(4)降(ふ)ら　　答案：(1)

4. 田中(たなか)さんの話(はなし)は____らしいですよ。

(1)本当(ほんとう)　(2)本当(ほんとう)な　(3)本当(ほんとう)だ　(4)本当(ほんとう)で　　答案：(1)

5. 部屋(へや)には誰(だれ)も____ようです。

(1)いる　(2)いた　(3)いない　(4)います　　答案：(3)

6. 彼(かれ)は料理(りょうり)____上手(じょうず)です。

(1)を　(2)で　(3)が　(4)と　　答案：(3)

7. このお店(みせ)はカード____使(つか)えます。

(1)が　(2)で　(3)と　(4)の　　答案：(1)

8. あまり勉強(べんきょう)していないので、絶対合格(ぜったいごうかく)____はずがありません。

(1)して　(2)する　(3)します　(4)し　　答案：(2)

9. 台北(たいぺい)は交通(こうつう)が____と思(おも)います。

(1)便利(べんり)　(2)便利(べんり)だ　(3)便利(べんり)な　(4)便利(べんり)です　　答案：(2)

10. 日本(にほん)の桜(さくら)は____でしょ？

(1)きれい　(2)きれいな　(3)きれいだ　(4)きれ　　答案：(1)

11. 病気になってから、タバコを____なりました。

(1)吸う　(2)吸い　(3)吸わない　(4)吸わなく　答案：(4)

12. この居酒屋は飲み放題なので、たくさん____つもりです。

(1)飲もう　(2)飲んで　(3)飲み　(4)飲む　答案：(4)

13. 大阪には２回____ことがあります。

(1)行って　(2)行った　(3)行かない　(4)行きます　答案：(2)

14. 桜は３月から____はじめます。

(1)咲く　(2)咲き　(3)咲いて　(4)咲いた　答案：(2)

15. 健康のために、運動を____ほうがいいですよ。

(1)する　(2)します　(3)して　(4)した　答案：(4)

16. 昨日は疲れていたので、テレビを____まま寝てしまいました。

(1)つける　(2)つけた　(3)つけて　(4)つけない　答案：(2)

17. 今年は去年____寒いです。

(1)より　(2)のほうが　(3)が　(4)も　答案：(1)

18. まだ時間はあるので、____てもいいですよ。

(1)急い　(2)急ぐ　(3)急がなく　(4)急っ　答案：(3)

19. もうすぐ１２時____なります。

(1)く　(2)で　(3)が　(4)に　答案：(4)

20. 私の趣味は絵を____ことです。

(1)描きます　(2)描いた　(3)描いて　(4)描く　答案：(4)

21. この車(くるま)は、運転(うんてん)＿＿やすいです。

(1)する　(2)す　(3)します　(4)し　　答案：(4)

22. 山田(やまだ)さんはきっと＿＿でしょう。

(1)来(き)ません　(2)来(こ)ない　(3)来(き)て　(4)来(き)ます　　答案：(2)

23. 外(そと)は雨(あめ)が＿＿ので、傘(かさ)を持(も)っていったほうがいいよ。

(1)降(ふ)ります　(2)降(ふ)って　(3)降(ふ)っている　(4)降(ふ)らない　　答案：(3)

24. 私(わたし)は寝(ね)る＿＿が大好(だいす)きです。

(1)と　(2)を　(3)の　(4)で　　答案：(3)

25. 私(わたし)はいつも音楽(おんがく)を＿＿ながら、仕事(しごと)をします。

(1)聞(き)く　(2)聞(き)き　(3)聞(き)いた　(4)聞(き)いて　　答案：(2)

26. 明日(あした)一緒(いっしょ)に映画(えいが)を見(み)に＿＿ませんか？

(1)行(い)く　(2)行(い)き　(3)行(い)って　(4)行(い)か　　答案：(2)

27. すみません。もう一度(いちど)＿＿ください。

(1)言(い)って　(2)言(い)う　(3)言(い)わない　(4)言(い)います　　答案：(1)

28. 母(はは)：ちゃんと全部(ぜんぶ)＿＿なさい。

(1)食(た)べる　(2)食(た)べて　(3)食(た)べろ　(4)食(た)べ　　答案：(4)

29. 駅(えき)までの＿＿かたを教(おし)えて下さい。

(1)行(い)く　(2)行(い)って　(3)行(い)った　(4)行(い)き　　答案：(4)

30. 明日(あした)は大阪(おおさか)へ花火(はなび)を＿＿行(い)きます。

(1)見(み)る　(2)見(み)て　(3)見(み)た　(4)見(み)に　　答案：(4)

22-5 綜合練習問題（五）

1. リモコンの＿＿かたを教（おし）えてください。

(1)使（つか）います (2)使（つか）い (3)使（つか）って (4)使（つか）う 答案：(2)

2. 時間（じかん）が＿＿ので、急（いそ）いで下（くだ）さい。

(1)ありません (2)あって (3)ない (4)なく 答案：(3)

3. 今日（きょう）の夜（よる）、＿＿なら一緒（いっしょ）にご飯（はん）を食（た）べませんか？

(1)暇（ひま） (2)暇（ひま）だ (3)暇（ひま）で (4)暇（ひま）れば 答案：(1)

4. もう＿＿のに気温（きおん）が２０度（にじゅうど）もあります。

(1)冬（ふゆ） (2)冬（ふゆ）な (3)冬（ふゆ）だ (4)冬（ふゆ）です 答案：(2)

5. 今日（きょう）は朝（あさ）＿＿から何（なに）も食（た）べていません。

(1)起（お）きる (2)起（お）きた (3)起（お）きて (4)起（お）いて 答案：(3)

6. このくつ、＿＿みてもいいですか？

(1)はいて (2)はって (3)はく (4)はき 答案：(1)

7. 来年（らいねん）は北海道（ほっかいどう）へ＿＿と思（おも）っています。

(1)行（い）く (2)行（い）こう (3)行（い）って (4)行（い）った 答案：(2)

8. 傘（かさ）を＿＿しまいました。

(1)忘（わす）れる (2)忘（わす）れて (3)忘（わす）れた (4)わって 答案：(2)

9. 私（わたし）は山田先生（やまだせんせい）に日本語（にほんご）を＿＿もらいました。

(1)教（おし）える (2)教（おし）えて (3)教（おし）えた (4)教（おし）って 答案：(2)

10. 最近（さいきん）、＿＿なりましたね。

(1)きれい (2)きれいな (3)きれいだ (4)きれいに 答案：(4)

11. 明日は台風が____かどうか分かりません。

(1)来ます (2)来た (3)きる (4)来る 答案：(4)

12. 毎日一時間、運動____ようにしています。

(1)します (2)しる (3)する (4)して 答案：(3)

13. この部屋に____はいけません。

(1)はいる (2)はいって (3)はいらない (4)はいります 答案：(2)

14. 明日は必ず五時までに____ください。

(1)来る (2)来て (3)来て (4)来ます 答案：(3)

15. やっとピアノが____ようになりました。

(1)弾く (2)弾きます (3)弾いた (4)弾ける 答案：(4)

16. すみません。ちょっと暑いのでクーラーを____もらえませんか？

(1)つける (2)つけた (3)つけて (4)つけない 答案：(3)

17. 田中くんの誕生日プレゼント何____する？

(1)を (2)に (3)が (4)も 答案：(2)

18. 明日からお酒を____ことにします。

(1)飲んで (2)飲んだ (3)飲まない (4)飲みます 答案：(3)

19. 昨日は掃除を____、寝たりしました。

(1)します (2)したり (3)する (4)しました 答案：(2)

20. ____まま聞いてください。

(1)すわった (2)すわりた (3)すわる (4)すわって 答案：(1)

21. 何度(なんど)も練習(れんしゅう)したから失敗(しっぱい)____はずがない。

(1)する　(2)す　(3)します　(4)し　　答案：(1)

22. 急(きゅう)に雨(あめ)が____だしました。

(1)降(ふ)る　(2)降(ふ)って　(3)降(ふ)り　(4)降(ふ)ります　　答案：(3)

23. 田中先生(たなかせんせい)の授業(じゅぎょう)は____にくいです。

(1)分(わ)かります　(2)分(わ)かって　(3)分(わ)かり　(4)分(わ)かる　　答案：(3)

24. 母(はは)____買(か)い物(もの)に行(い)かされました。

(1)に　(2)を　(3)の　(4)で　　答案：(1)

25. その花(はな)、誰(だれ)____あげるんですか？

(1)は　(2)から　(3)に　(4)の　　答案：(3)

26. この映画(えいが)は何回(なんかい)も____ことがあります。

(1)見(み)る　(2)見(み)て　(3)見(み)た　(4)見(み)　　答案：(3)

27. 必(かなら)ず明日(あした)____提出(ていしゅつ)してください。

(1)から　(2)まだ　(3)まで　(4)までに　　答案：(4)

28. 電車(でんしゃ)の中(なか)でジュースを____はいけません。

(1)飲(の)む　(2)飲(の)んだ　(3)飲(の)んで　(4)飲(の)み　　答案：(3)

29. もし雨(あめ)が____、花火大会(はなびたいかい)は開催(かいさい)されます。

(1)降(ふ)る　(2)降(ふ)って　(3)降(ふ)っても　(4)降(ふ)るても　　答案：(3)

30. 砂糖(さとう)を____と、もっとおいしいですよ。

(1)はいる　(2)いれる　(3)はいった　(4)いれた　　答案：(2)

附錄

特殊第二類動詞列表

本書 4-1 的動詞分類中，說明過「ます前面母音」是「i」(い、き、し、ち、に、ひ、み、り）就是「第一類動詞」，如果是「e」(え、け、せ、て、ね、へ、め、れ）則是「第二類動詞」。不過，其中還有一類是「特殊第二類動詞」，即ます前面母音是「i」，卻是第二類動詞。還好，這類動詞非常少，我們只要用背的即可，在本書及經典教材《大家的日本語 初級》中，也只出現十四個。即使是中高級日文，也只需要再加上三十個左右。建議各位至少要背初級的這十四個「特殊第二類動詞」唷。

初級（必背）：

着(き)ます、見(み)ます、起(お)きます、います、浴(あ)びます 、降(お)ります、借(か)ります、落(お)ちます、できます、足(た)ります、過(す)ぎます、飽(あ)きます 、信(しん)じます、存(ぞん)じます

TIPS! 請注意「降(お)ります」(下車、下樓）是特殊第二類動詞，「降(ふ)ります」(下雨、下雪）則是第一類動詞。

中高級：

似(に)ます、閉(と)じます、満(み)ちます、生(い)きます、伸(の)びます、感(かん)じます、応(おう)じます、用(もち)います、詫(わ)びます、染(し)みます、煮(に)ます、錆(さ)びます、老(お)います、媚(こ)びます、尽(つ)きます、恥(は)じます、悔(く)います、懲(こ)ります、論(ろん)じます、案(あん)じます、煎(せん)じます、報(むく)います、省(かえり)みます、顧(かえり)みます、鑑(かんが)みます、軽(かろ)んじます、諳(そら)んじます、甘(あま)んじます、疎(うと)んじます、落(お)っこちます、干(ひ)からびます、書(か)き損(そん)じます

一心文化　SKILL10

從零開始，用 YouTube 影片學日文

作　　者　井上一宏
編　　輯　蘇芳毓
校　　對　鄭淑慧
美術設計　劉孟宗
內文排版　polly（polly530411@gmail.com）
出　　版　一心文化有限公司
電　　話　02-27657131
地　　址　11068 臺北市信義區永吉路 302 號 4 樓
郵　　件　fangyu@soloheart.com.tw
初版一刷　2022 年 9 月
初版13刷　2024 年 6 月

總 經 銷　大和書報圖書股份有限公司
電　　話　02-89902588
定　　價　499 元

國家圖書館出版品預行編目（CIP）

從零開始，用 YouTube 影片學日文 / 井上一宏 著 . --
初版 . -- 台北市 : 一心文化出版 , 2022.09
面 ;　公分 . -- (skill ; 10)

ISBN 978-626-96121-0-9(平裝)

1.CST: 日語　2.CST: 讀本

803.18　111012572